말순 씨는
나를 남편으로
착각한다

이 도서의 국립중앙도서관 출판예정도서목록(CIP)은 서지정보유통지원시스템 홈페이지
(http://seoji.nl.go.kr)와 국가자료공동목록시스템(http://www.nl.go.kr/kolisnet)에서 이용하실 수
있습니다.(CIP제어번호: CIP2015022466)

70대 소녀 엄마와 40대 늙은 아이의 동거 이야기

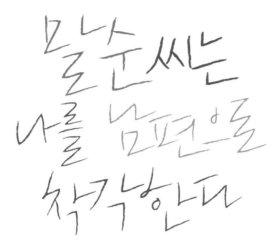

글 최정원   사진 유별남

베프북스
Best Friend Books

어머니의
마음으로
자식의
마음으로

함께
물든다는
것

70대 소녀 같은 어머니와 40대 결혼 못한 늙은 아들의 동거 생활은 어떠할까요? 두 사람은 어떤 생각을 하고, 어떤 마음으로 살며, 꿈꾸며, 사랑할까요? 가끔 지인이나 친구들과의 술자리에서 우리 집 이야기를 하면 당연하다는 듯 누구네 집 결혼 생활의 고민거리와 생활상이냐는 물음이 되돌아오곤 합니다. 출판사 주간이라는 직업 특성상 몇 번 만난 분들은 내가 당연히 결혼을 한 줄 알았다가 어머니와 나의 이야기이라고 말하면 정말 그렇게 사느냐며 의구심을 가지기도 했습니다.

"늦게 결혼하셨나 보네요?"

"네?"

"아직 신혼이신 것 같아서 말이에요? 그러니 잘 챙겨주고, 싸우고 그러지요."

13년 전, 제가 30대 초반일 때 아버지께서 하늘나라로 떠나가시기 전과 후의 생활은 180도 달라졌습니다. 아버지께서 살아계실 때는 무조건 받는 생활에 익숙했고, 한 번도 어머니와 다툰 적도 없습니다. 한마디로 받는 사랑에 익숙한 철부지 아이였습니다.

말순 씨는 나를 남편으로 착각한다

하지만 아버지가 하늘나라로 떠나신 이후, 삶은 세월이 지날수록 당혹스러웠습니다. 항상 다정하던 아들은 무뚝뚝해져 갔고, 화도 잘 냈으며, 대화도 점점 줄어들었습니다. 그나마 술이라도 한잔 걸치고 들어오는 날은 조금 화기애애해지기도 했지만 반대인 경우가 많았습니다. 한마디로 결혼 13년차 권태기에 접어든 부부와 똑같았습니다. 한 가지 다른 점은 어머니는 40여 년 전이나 지금이나 변치 않은 사랑으로 저를 대해주셨다는 것입니다. 오히려 그 사랑은 점점 더 커지고 섬세해지셨습니다. 아낌없는 사랑이 고마웠지만 한편으론 부담스럽기도 했습니다. 어쩌면 어머니께서 이 세상에 안 계실 때의 상실감을 걱정했다고 할까요?

아직도 나만 생각하는 이기적인 마음을 갖고 있는 것 같아 죄송한 마음, 고마운 마음이 교차합니다. 그런 점에서 이 책은 어머니께 대한 고마움의 편지이기도 하지만 반성문이기도 합니다.

공자도 만나기 어려운 사람을 만났습니다. 그런 사람의 몸속에서 10개월 동안 따듯한 마음을 먹고 태어나 40여 년의 세월 동안 아낌없는 사랑을 받으며 살아왔습니다. 그녀는 나의 봄이었고, 여름이었고, 가을이었고, 겨울이었습니다. 봄에는 꽃향기로 마음을 향기롭게 만들어주었고, 더운 여름에는 큰 가지로 그늘을 만들어 시원하게 해주었고, 가을에는 푸른 하늘 같은 마음으로 맑은 숨을 쉴 수 있도록 만들어주었고, 겨울에는 난로처럼 따듯한 마음으로 훈훈한 겨울을 보낼 수 있도록 만들어주었습니다.

- 〈나는 정말 행복한 사람〉 중에서

40여 년 전, 어머니의 뱃속 영화관에서 10개월 동안 따듯한 마음을 보고 태어나 참 오랜 세월 따듯한 품안에서 행복하게 살았습니다. 당신은 나의 봄이었고, 여름이었고, 가을이었고, 겨울이었다는 것을 이젠 조금 알 것 같습니다. 그 무한한 사랑에 감사해 하는 염치 있는 삶을 살도록 노력하겠습니다.

이젠 당당하게 말하렵니다. 나에게도 아내가 있다고. 72세, 말순 씨! 많은 세월이 한곳으로 흘러가더라도 항상 함께 우리만의 하늘을 보고 싶습니다.

어머니의 사랑은 늙지 않을 테니까요.

2015년 8월 유예헌에서.

말순 씨는 나를 남편으로 착각한다

2부
나에게 아내는 오지 않는다

3부
당신이 있어 삶이 향기롭다

1부

가끔,
말순 씨는
나를 남편으로
착각한다

나는
아버지를
연기했다

이렇게도 사랑이 괴로운 줄 알았다면
차라리 당신만을 만나지나 말 것을
이제 와서 후회해도 소용없는 일이지만
그 시절 그 추억이 또다시 온다 해도
사랑만은 않겠어요.

    말순 씨의 십팔 번이 바뀌었다. 이전엔 우리 가게에 매트리스를
사러 왔었던 배호의 〈누가 울어〉, 그 시절 엘리트 여성이 좋아했다는
나훈아의 〈사랑〉, 최병걸의 〈난 정말 몰랐었네〉, 조용필의 〈허공〉이라는

노래를 메들리로 불렀다고나 할까. 그러던 말순 씨가 어느 날부터 윤수일의 〈사랑만은 않겠어요〉라는 노래만 흥얼거렸다. 방청소할 때, 빨래할 때, 다림질할 때, 음식 만들 때, 설거지할 때, 심지어 화장실에서 볼일 볼 때도 쉼 없이 말순 씨의 입에서 흘러나왔다. 오늘도 점심 식사를하고 있는데, 말순 씨가 〈사랑만은 않겠어요〉를 부르기 시작했다.

"그 노래, 그만 좀 부르지."

"내 입으로 내가 부른다는데 누가 뭐라고 혀."

"그 나이에 웬 사랑타령, 청승맞게."

"나이 먹었다고 감정도 나이 먹는 건 아니여."

말순 씨가 방으로 들어가고, 거실 소파에 앉아 나도 모르게 흥얼거렸다. 입에 착착 달라붙었다. 내 이야기 같은 가사와 기분에 따라 편곡이 가능한 음률, 정말 한마디로 청승의 극치였다. 한동안 소파에 누워 흥얼거리다가 이 노래의 가사가 문득 가슴에 와 닿았다. 말순 씨는 왜 이 노래만 부르는 것일까?

'사랑'-'괴로움'-'당신'-'만남'-'후회'-'추억'-'사랑만은'-'않겠다.' 그리고 '차라리'라는 단어에서 가슴이 먹먹해졌다. 말순 씨의 '잠들지 않는 그리움'이라는 생각에 이르자 마음이 점점 무거워졌다. 지난 10여 년, 말순 씨의 마음이 조금이라도 위로 받지 않을까 하는 마음에 남자 1호 일랑 씨의 행동들을 연기하며 살아오지 않았는가.

말순 씨는 나를 남편으로 착각한다

1. 말수 줄이기 2. 팔자걸음으로 걷기 3. 물건 버리지 않기 4. 소파에 눕기 5. 절대 잘못을 시인하지 않기 6. 집에서 술 마시기 7. 술 마시고 전화하기 8. 술 마시고 성질부리다가 울기 9. 쌍거풀 만들기 10. 매주 산에 가기 11. 병원 안 가기 12. 잘 웃지 않기 등등. 남자 1호 일랑 씨가 평생 해왔던 행동들이자 내가 연기한 '나쁜 남자'의 캐릭터!

내 생각이 짧았다. 누군가에 대한 그리움은 곁에 있는 사람이 위로해줄 수 있는 대상이 아니었다. 설사 아버지의 아들이라 외모가 흡사할지라도, 뛰어난 연기를 할지라도 40년 넘도록 말순 씨가 겪은 실제 인물과 같을 수 있겠는가. 그리우면 그리운 대로, 미우면 미운 대로, 아프면 아픈 대로 살면 될 일이다. 하지만 말순 씨에게 이 한마디만큼은 말해주고 싶다. "이제 우리 삶엔 '차라리'란 단어는 만들지 말자"고.

고단한 삶이었지만

당신의 넉넉한 마음이

얼음물보다 더 시원했습니다.

이제는 삶이 내게 준 것들을

인정하고 보듬는 것도

멋진 삶이라고 생각합니다.

추억을
남기고 간
사람

싱크대 바로 옆 벽, 달력이 하나 걸려 있다. 말순 씨가 다니는 절에서 불자들에게 1년 한 번, 지위 고하 막론하고 딱 한 부씩만 주는 신성한 달력이었다. 이 달력에 특이한 점이 하나 있다면 수많은 날짜들이 동그라미 속에 살고 있다는 것이다. 만약, 말순 씨의 허락 없이 자신만의 기억을 그리려 한다면? 그건 이 집에서 밥 얻어먹을 권리를 박탈당하는 것과 마찬가지였다.

말순 씨가 기념하고 기억하고자 하는 날은 어떤 날일까? 저 수많은 동그라미는 무엇을 가두고 있는 걸까? 자체 평가 양반 집안의 종부인 그녀. 당연히 동그라미의 일부는 조상들의 기일, 자녀들 생일, 계모

임 날짜를 기록한 것일 테지만 그건 3분 1정도 수준에 불과했다. 그렇다면 나머지 날들은 무엇을 의미하는 것일까?

금요일 밤, 회식을 하고 집으로 돌아와 거실 술상에 앉자 잠자던 말순 씨가 방에서 나왔다.

"한 가지 궁금한 게 있어?"

"뭘 말이여?"

"왜 달력에 낙서하는 거야?"

"내 맴이여!"

또 시작됐다. 말문이 막히거나, 대답하기 귀찮거나 무언가를 숨기고 싶으면 으레 튀어나오는 너무나 고상한 저 멘트. 평상시 같으면 포기하거나 성질 한 번 내고 방으로 들어갔을 테지만 오늘은 꼭 이유를 알아야겠다는 전투심이 불타올랐다.

"소주 한 병만 줘."

"그리 마시고 들어와 또 뭔 술이여."

말순 씨는 깊은 한숨을 내쉬며 곁눈질을 했지만 뒤 베란다로 가더니 소주 한 병을 가지고 왔다. 한 잔, 두 잔 술병의 술이 점점 줄어들자 자연스럽게 집안 이야기를 했다.

"징한 양반 뭘 잘해준 게 있다고 그새 죽어가지고…."

남자 1호 일랑 씨가 하늘나라로 떠난 후 말순 씨의 말을 들어보면 '잘해주지 못한 사람'은 죽을 자격도 없었다. 그 기준은 모호했지만

말순 씨는 나를 남편으로 착각한다

결론은 '잘해준 사람'만 죽을 자격이 있었다.

"그래도 한 이불 덮고 40년간 살았잖아?"

무의식적으로 대답했지만 이내 중대한 말실수를 했음을 깨달았다.

"시방 그걸 말이라고… 니도 눈이 있응께 알 것이여. 내가 그 인간
과 함께 이불 덮고 자는 거 봤냐? 같은 곳을 보는 것도 싫어 잠도 반대
로 잤건만…"

그건 맞는 말이었다. '그들만의 세상'의 방문을 열어보면 남자 1호
일랑 씨의 발과 말순 씨의 발이 서로의 머리 쪽을 향하고 있었다. 아마
잠결에라도 남자 1호 일랑 씨 머리를 발로 차고 싶었던 것은 아닐까?
이쯤에서 대화를 중단했으면 좋으련만 또 한마디가 툭 튀어나왔다.

"한 이불 덮고 있는 거 본 적 있는데. 그것도 오후 5시에…"

그랬다. 집 근처에서 취재를 마치고 나니 시간이 애매해 현지퇴근
을 한 적이 있었다. 열쇠로 대문을 따고 들어간 집 안은 인기척이 없었
다. 그래도 확인사살 겸 그들만의 방문을 열었다가 둘이 나란히 누워
놀란 눈을 한 채 목까지 이불을 덮고 있던 장면을 보았다. 그리고 세상
에서 가장 뻔한 "너무 피곤해서 일찍 자려고…"라는 변명과 "20년 만
에 처음이여, 처음…"이라는 서글픈 진실을 들었다. 아! 20년 만의 아름
다운 만남이라… 한마디로 웃지 못할 슬픈 해후를 목격했던 것이다.

술잔을 몇 잔 더 비우자 우리의 대화는 대중가요 가사처럼 끈적

끈적해졌다. 말순 씨의 시선이 잠시 허공에 머물더니 이슬비 소리보다 가늘고 나직한 목소리로 말했다.

"비록 바람은 피웠지만 그래도 당신만을 사랑했단다."

"누가 누굴?"

"누군 누구냐, 니 아버지가 날!"

"설마, 그 말을 믿는 건 아니지…."

남자 1호 일랑 씨가 하늘나라로 떠나기 두 달 전, 집에선 한 편의 막장 드라마 같은 상황이 연출되었다. 〈사랑과 전쟁〉 '황혼의 이혼 전쟁'편이랄까? 그날도 그들은 평생 해오던 부부싸움을 했다. 평상시와 다른 점이 있다면 남자 1호 일랑 씨가 이혼을 선포한 것이다. 그 후 한 달간 혹독한 냉전이 이어졌다. 곁에서 보다가 참다못해 그들을 식탁으로 불러 모은 후 소주 한 병 놓고 휴전 협상을 중재했다. 하지만 한 달 간의 냉전은 너무나 싱겁게도 단 10분 만에 타결되었다. 서로의 의견 대립은 첨예했지만 내 중재안을 쉽게 받아들인 것이다.

"40년 함께 살면서 서로의 성격을 모르는 것도 아니고 절대 안 변해요. 그냥 여태 살아온 대로 사세요…."

다음 날, 퇴근하고 집에 오니 두 사람이 다정하게 저녁식사를 하고 있었다.

말순 씨는 나를 남편으로 착각한다

그날 저녁식사 자리에서 남자 1호 일랑 씨가 그 말을 했다는 것이다. 정말 '사랑의 힘'은 위대한 걸까? 그 한마디로 말순 씨를 '사랑밖에 모르는' 소녀로 만들다니! 혼자 막잔을 들고 일어서다가 달력을 보니 오늘도 동그라미가 그려져 있었다. 어쩌면 오늘이 말순 씨가 영원하길 바란 '사랑이 꽃핀 날'일지도 모른다는 생각이 들었다.

'그래도 당신만을 사랑했어…'

그리움이 커질수록 상처는 깊어지고 지우고 싶은 기억만 뚜렷해질 텐데, 나이가 들면 추억을 먹고 산다는 말이 왜 이리 가슴에 와 닿을까.

말할 수 없는
마음을 듣다

1년 전, 남자 1호 일랑 씨를 하늘나라로 떠나보내고 집에 온 말순 씨와 난 술상을 사이에 두고 마주앉았다. 우린 술자리가 끝날 때까지 아무 말도 하지 않았다. 누가 먼저 제안하지도 않았지만 한 달 동안 한 방에서 지내며 각자 울었다. 그리고 우리 둘만의 동거생활이 시작되었다.

합법적으로 술자리가 허용되는 날, 그리움과 원망이 교차하는 날. 남자 1호 일랑 씨의 첫 번째 기일이다. 여자 1호, 2호 가족, 친척들이 한 바탕 휩쓸고 떠난 밤. 우린 부둥켜안고 울었다.

말순 씨는 나를 남편으로 착각한다

"마음이 기억하는 한
아무것도 사라지지 않아."

　그랬다. 남자 1호 일랑 씨는 1년의 시간이 흘렀지만 우리의 마음 속에 각기 다른 모습으로 남아 있었다. 말순 씨에게는 잠들지 않는 그리움의 대상이었고, 나에겐 '아버지'라는 사라져버린 단어의 주인공일 뿐이었다. 말순 씨의 마음의 방에는 여전히 남자 1호가 살고 있었다.

그녀도 한때는
꽃이었다

새벽 6시, 술을 마시지 않는 날은 5시만 되면 눈이 저절로 떠졌다. 물 한 잔 마신 후 담배를 들고 베란다에 앉아 북한산과 시내를 번갈아 바라보았다. 말순 씨의 ≪천수경≫을 외는 소리가 들렸다. 곁다리로 듣던 내가 ≪천수경≫을 다 외울 정도가 되었으니 말해 무엇 하겠는가. 조금 있으면 부처님, 내 이름, 여자 1, 2호 이름이 차례로 호명될 것이다. 끝으로 다시 내 이름이 등장하고 '몸 건강하게…', '직장…', '꼭 결혼할 수 있도록…'이란 간절한 소망을 말할 것이고, '꼭 굽어 살펴 주소서'라는 말로 끝을 맺은 후 찬불가 두 곡을 부를 것이다. 담배 한 대를 더 피웠다. 역시 한 치의 오차도 없이 말순 씨의 노래가 들려

말순 씨는 나를 남편으로 착각한다

왔다. 그런데 순간 내 귀가 의심스러웠다.

넓고 넓은 바닷가에 오막살이 집 한 채
고기잡이 아버지와 철모르는 딸 있네
내 사랑아 내 사랑아 나의 사랑 클레멘타인
늙은 아비 홀로 두고 영영 어딜 갔느냐

이 노래를 연거푸 세 번 부른 후 방에서 나온 말순 씨는 부엌으로 가다가 소파에 앉아 있는 나를 보곤 적잖이 놀란 표정을 지었다.

"《천수경》 외는 소리에 깼냐잉…."

"그럼, 새벽부터 리사이틀을 하는데 잠이 안 깨? 말순 소녀, 밥이나 먹죠?"

순간 울컥했다. 이슬비보다 가늘게 들리는 말순 씨의 목소리도 짠했지만 저 노래를 알고 있다는 사실이 더 충격이었다. 말순 씨는 60년 전에 배운 노래를 무엇 때문에 이 새벽부터 부른 것일까? 혹 늙은 엄마와 철모르는 아들 있네. 내 사랑아 내 사랑아 나의 사랑 남자 1호 일랑 씨'하는 마음일까? 이유를 묻고 싶은 마음 굴뚝같았지만 때론 모르는 채 하는 것이 나을지도 모른다는 생각에 묻지 않았다. 오늘 말순 씨는 60년 전처럼 소녀가 되고 싶은 마음일지도 모를 테니까. 내 사랑아 내 사랑아!

짜장면에
한 맺힌 날

몇 년 전 토요일 낮, 우린 짜장면을 먹자고 결론을 내렸다. 말순 씨가 소파에 누워 있는 남자 1호 일랑 씨에게 짜장면을 먹자고 말했고, 나도 옆에서 한마디 거들었다. 하지만 돌아오는 것은 한 바가지 욕이었다. 이번엔 내가 짜장면 값을 내겠다고 했고, 며칠 전에 중국집이 신장개업해 50퍼센트 가격에 먹을 수 있다며 설득했지만 역시 결과는 참담했다.

"밥통에 밥 많은데 왜 쓸데없이 돈을 써? 그리고 내가 돈이 없어서…"

짜장면 한 그릇 먹으려다가 봉변을 당했다. 말순 씨와 난 열이 받아 밥이 목구멍으로 넘어갈 것 같지 않아 굶었다. 일명 무언의 시위였다. 남자 1호 일랑 씨는 아랑곳하지 않은 채 밥 한 톨 남기지 않고 밥그릇을 싹 비웠다.

일요일 낮, 여자 2호 가족이 오랜만에 놀러 왔다. 남자 1호 일랑 씨는 일곱 살짜리 손녀를 보자마자 입이 귀에 걸렸다. 밤하늘의 별이라도 따다 줄 정도로 손녀를 사랑했던 남자 1호 일랑 씨가 손녀에게 점심에 뭘 먹고 싶냐고 물었다.

"짜장면!"

그 말을 듣는 순간 말순 씨와 난 아연실색했다. 우린 남자 1호 일랑 씨의 표정을 살폈다. 잠시 멈칫하던 남자 1호 일랑 씨는 부엌으로 가 냄비를 하나 들고 나오더니 밖으로 나갔다. 과연 남자 1호 일랑 씨는 냄비를 들고 어디로 간 것일까? 궁금증을 참지 못한 나는 남자 1호의 뒤를 따라가 보았다. 남자 1호 일랑 씨가 빠른 걸음으로 신장개업한 중국집으로 들어갔다. 그런데 왜 냄비를 들고 간 것일까? 냄비를 들고 나갔던 남자 1호 일랑 씨가 짜장면 냄새와 함께 돌아왔다.

"수아야, 짜장면 먹자!"

사랑의 힘은 강했다. 정말 냄비에 짜장면을 담아 손수 배달했던 것이다. 더욱 놀라운 건 딱 1인분만! 우리는 할 말을 잃었다. 어릴 적 냄비를 들고, 시장에 가서 콩국수를 담아온 적은 있었지만 짜장면을

말순 씨는 나를 남편으로 착각한다

냄비에 담아 올 줄이야 그 누가 알았겠는가. 알고 보니 마케팅 차원으로 냄비에 짜장면을 담아가면 천 원이 더 디스카운트되었던 것이다. 무한한 차별에 열은 받았지만 남자 1호의 한 발 빠른 정보력에 혀를 내둘렀다. 아무리 가격을 깎아 준다고 몇 명이나 냄비에 담아 사갈까? 나중에 중국집 주인에게 들은 바에 의하면 그 마케팅 전략은 실패했고, 단 세 명만 냄비를 들고 와 짜장면을 사갔다고 했다. 그중 한 명이 남자 1호 일랑 씨였던 것이다. 점심식사를 하는 동안 말순 씨와 난 고문에 시달렸다. 짜장면으로 인해 받았던 수난이 짜장면 냄새와 함께 스물스물 올라와 밥이 목구멍으로 넘어가지 않았다. 그날 이후 남자 1호가 하늘나라로 떠날 때까지 우리는 짜장면의 '짜'자도 입 밖으로 꺼내지 않았다.

주말 낮, 입맛이 없었다. 말순 씨도 마찬가지였다. 중국집에서 시켜 먹자고 제안하자 흔쾌히 OK 사인이 떨어졌다. 20분 후 음식이 배달되어 왔다. 당연히 짜장면 두 그릇이었다.

"그날 생각나?"

"짜장면 먹자고 했다가 욕만 한 바가지 먹은 날 말이여?"

딱 하고 물으니 척 하니 대답했다. 역시 가슴이 기억하는 것은 쉽사리 잊히지 않는가 보다. 그날, 우리는 짜장면에 한이 맺혔다!

늙은
소녀의 날

어버이날, 오랜만에 외식하러 간다.

벤치 양쪽 끝에 앉아 서로 다른 곳에 시선을 두고 여자 1호 가족을 기다린다.

꽃가루가 날린다.

"눈이 오네!"

"그려, 시방 나도 그 생각을 했어야!"

아무 말 없이 말순 씨의 머리에 사뿐히 내려앉은 꽃가루를 떼어냈다. 그녀도 내 민머리에 핀 꽃가루를 떼어냈다. 우리는 벤치에 앉아 눈을 맞으며 말순 씨는 남자 1호 일랑 씨를, 난 여자 1호를 기다렸다.

말순 씨는 나를 남편으로 착각한다

한쪽 눈이
실수로
울지라도

　　주말 오후 5시, 단둘이 외출을 했다. 최종 행선지는 걸어서 15분 거리에 있다는 칼국수 집. 12년만의 외식이었다. 그녀가 한 3미터 앞서 걸어가면서 자주 뒤를 돌아보며 내 위치를 확인했다. 우린 행선지에 도착할 때까지 한 번도 나란히 걷지 않았다. 하물며 어떤 대화도 없었다. 12년 전, 처음 단둘이 외출했을 때도 다를 바 없었다. 한마디로 만화 영화 〈영심이〉의 한 장면 같다고나 할까. 영심이를 죽도록 사모하기에 항상 뒤에서 애간장을 태우며 쫓아만 가는 왕경태. 여하튼 만화 속 주인공들과 달리 사모하는 대상의 입장만 바뀌었을 뿐.

그녀는 식사하는 내내 칼국수 맛 자랑을 하며 내 만족도를 확인하려고 애를 썼다. 하지만 유일하게 즐기지 않는 밀가루 음식이 칼국수라는 걸 모를 리 없는 그녀였다. 그녀의 행복한 표정 이면에 불안한 마음이 숨겨져 있었다. 여하튼 내 입맛은 그리 중요하지 않은 날이었다. 12년 만에 하늘나라로 떠난 남자 1호와의 약속을 지키는 날이었을 뿐.

외식을 마친 후 집으로 돌아오는 길, 불과 한 시간 전과는 달리 그녀가 내 뒤꽁무니를 쫓아오고 있다. 한 번 뒤돌아 볼 때마다 둘 사이의 거리는 점점 벌어졌다. 아니 좀 전의 활기찬 발걸음은 어디로 가고 엉거주춤한 자세로 힘겹게 쫓아오는 것일까? 12년의 세월이 그녀의 몸에 곰팡이 꽃을 피운 것일까? 여하튼 먼저 집에 가라는 그녀의 목소리가 들렸을 뿐.

집에 도착한 후 옷을 갈아입고 베란다 의자에 앉아 담배를 피웠다. 저녁노을이 붉게 물들고 있었다. 허리 숙여 담뱃재를 털다가 한손으로는 난간을 잡고, 다른 한손은 허리에 얹은 채 아파트 언덕을 힘겹게 오르고 있는 그녀가 보였다. 마치 하루 종일 밭고랑을 갈고 돌아오는 힘 빠진 소처럼 말이다. 여하튼 붉은 그림자를 이끌고 집으로 돌아오는 모습을 보고 한쪽 눈이 실수로 눈물 한 방울 흘렸을 뿐.

'동백꽃 그림자인들 저리 붉을까?'

그 된장독은
어디로
사라진 것일까

　　말순 씨가 단단히 뿔났다. 4년의 세월이 흘렀어도 분노는 시도 때
도 없이 폭발했다. 술자리, 생일날, TV를 볼 때, 아침에, 점심에, 자다가
깼을 때 등등 시간과 장소를 가리지 않고 폭발했다.

　　4년 전, 남자 1호 일랑 씨의 15살 어린 동생 남자 3호가 10년 만
에 집에 찾아왔다. 남자 1호 일랑 씨가 하늘나라로 떠났을 때도 비행
기표 핑계로 장례식장에 나타나지 않았던 그가 갑자기 형수님 밥이
먹고 싶다고 나타난 것이다.

　　그렇다면 남자 3호는 어떤 인물인가? 한마디로 대단하다는 말밖
에 안 나오는 사람이 아닌가. 말순 씨의 막내 동생과 친구이고, 초등학

교 3학년 때부터 말순 씨의 밥을 먹고 자란 사람. 남자 1호 일랑 씨와 말순 씨가 서울로 상경하자 얼마 후 중학교를 때려치우고 줄곧 그 집에서 함께 자고 남자 1호 일랑 씨의 가게에서 일한 사람. 20대 때 리비아로 떠나 중동의 산업 일꾼이 된 사람. 그 밑천으로 커튼 가게 주인이 된 사람. 훌륭한 집 여성을 어떻게 꾀었는지 결혼해 외동딸이 있는 사람. 세운 상가에서 파친코 기계 팔고, 중국에서 중고 텐트 팔고, 괌에서 중고 자동차 팔고, 가요주점을 운영하고, 사채업을 한 사람. 경기도 한 도시에 건물이 있고, 50평 아파트에 사는 등 동해 번쩍 서해 번쩍 하는 사람. 한마디로 삶과 신용이 검증이 안 되는 사람이었다. 여하튼 남자 1호 일랑 씨가 살아 있을 때도 집안 행사나 명절 때 가뭄에 콩 나듯 나타나는 등 한마디로 'ㅇㅇ한다더라, 했다더라' 식의 표현이 딱 어울리는 사람이었다. 그런 그가 소리 소문 없이 아침부터 집에 나타난 것이다. 된장국에 밥을 게눈 감추듯이 싹 비운 남자 3호가 말문을 열었다.

"형수님, 된장국은 옛날 맛 그대로예요. 집에서 담근 된장이지요? 제 건물에 추어탕집을 차리려고 둘째 형 가게에서 음식을 배우고 있는데, 집에서 담근 된장으로 만들어야 맛이 좋다고 하네요. 시험 삼아 만들 때 쓰려고 하는데 조금만 싸주실 수 있죠?"

말순 씨는 흔쾌히 플라스틱 통 한가득 된장을 싸주었다. 난 버스 정류장까지 된장이 든 가방을 들고 함께 마을버스 정류장까지 가는 동안 한마디도 하지 않았다. 마을버스가 오자 남자 3호는 뒤도 안 돌아보고 떠났다. 이 생에서 본 남자 3호의 마지막 모습이었다.

일주일 뒤, 된장을 가지러 마당에 나갔던 말순 씨가 상기 된 얼굴로 들어오더니 온갖 욕을 쏟아냈다. 그렇게 불같이 화를 내는 건 처음 보았다. 평생 할 말을 꾹 참고 40여 년을 살아온 말순 씨가 아닌가.

그랬다. 햇볕이 잘 드는 곳에 놓아둔 된장독이 사라졌다. 요새 시대 누가 보석도 아닌 된장독을 훔쳐 간 것일까? 분노를 참지 못한 말순 씨는 기어이 방에 드러눕고 말았다. 된장이 담그자마자 당장 먹을 수 있는 것도 아니고 최소 1년 이상의 세월이 지나야 먹을 수 있는 것이 아닌가. 말순 씨에게 된장은 이 집안 식구를 먹여 살리는 보물 중의 보물이었던 것이다. 말순 씨는 며칠 동안 도둑을 잡기 위해 옆집, 윗집, 탐문 수사를 했으나 범인을 잡을 수 없었다.

"심증은 있는데 물증이 없으니…"

"설마 그랬겠어? 이제 그만해."

"내가 그 인간을 모르냐. 어릴 적부터 키웠는데. 그 옛날 남의 집 돈 빌려서 주니까 떼먹고 도망가는 바람에 내가 대신 돈 갚느라, 남의 집 일을 몇 년이나 한 줄 아나?"

남자 3호가 한 일들을 너무 잘 알고 있었기에 어떤 대꾸도 할 수 없었다.

몇 달 후, 남자 3호가 자살했다는 소식이 전해져 왔다. 잘 나가던 사람의 장례식장이라고는 상상할 수 없을 정도로 조문객이 뜸했다. 친척들이 다녀간 텅 빈 장례식장을 지키고 있는데, 낯선 조문객이 남자 3호의 최근 생활상을 알려주었다. 얼마 전까지 함께 장사를 했었다고 했다.

"추어탕집에서 함께 일했나요?"

"아니요, 같이 도로변에서 과일 장사를 했어요…"

그의 대답은 충격적이었다. 몇 달 전, 추어탕 집을 야심차게 시작했는데, 건물과 집이 사채업자에게 넘어갔고, 또 예전에 이혼을 한 후 지금까지 월세방에 살고 있었다고 말했다. 한마디로 어처구니없이 남자 3호의 파란만장한 인생이 끝이 나고 말았다.

말순 씨는 지금도 그날의 사라진 된장독이 생각나면 불같이 화를 내다가도 마지막엔 두 눈이 붉어졌다.

"그럴 거였으면 된장독을 통째로 줄 것 그랬어야. 이젠 잊어야지. 사람도, 된장독도."

4년 전, 남자 3호가 사라지고, 된장독도 사라졌다. 그 된장독은 지금쯤 어디에서 주인을 기다리고 있을까? 정녕 말순 씨가 마음 아파하는 건 어릴 때부터 키웠고 너무 일찍 하늘나라로 떠난 남자 3호 때문은 아닐까? 아직도 말순 씨는 수사 중이고, 된장독 실종 사건의 공소시효는 아직 유효하다.

말순 씨는 나를 남편으로 착각한다

소중한 것을

잃었을 때의

상실감.

가만히

그 이야기를

들어주는 것이

가장 큰

위로가 됩니다.

라일락꽃
독살
미수사건

동거녀 말순 씨와 라일락나무의 인연은 1979년부터 시작됐다. 한 언덕 정점에 위치한 그 집은 특이하게도 대문이 두 개였다. 하늘색 허름한 대문을 열고 들어서면 오른쪽에 너비 1미터 정도의 꽃밭이 있는 직선 길이 나오고, 10미터 정도 들어가야 마당으로 들어가는 갈색 진짜 문이 나왔다. 지금 생각해보면 과연 좁은 길은 우리 집 땅이었을까? 아님 그녀가 골목길을 무단 점령한 것일까? 여하튼 좁은 길에 라일락나무가 오래된 장승처럼 서 있었고, 그 밑에 평상이 있었다.

"이제부터 우리 집 모임은 여기서 할 것이여."

그날 이후 말순 씨는 평상에서 지내는 시간이 많았다. 한마디로 단순한 평상이 아니라 임금의 용상 같았다. 하지만 나에게는 지옥이 따로 없었다. 시험 결과나 성적표가 나오는 날이면 평상에서 조선시대 서당 아이처럼 종아리를 맞았기 때문일 것이다. 한마디로 라일락 향기는 죽음의 향기였고, 평상은 교수대였다.

1991년 말순 씨의 왕국이 재건됐다. 10년 사이 남자 1호 일랑 씨의 사업이 롤러코스터를 타는 바람에 왕국은 무너졌고 두 번이나 작은 '쪽방의 나라'로 피난을 가야 했다. 세 번째 피난길. 남들은 한강 남쪽으로 이동했지만 어찌된 일인지 우리는 6·25에 한이 맺힌 사람처럼 자꾸 북으로 치고 올라갔다. 문이 두 개인 동네, 즉 쌍문동의 새로운 집으로 이사 가는 차 안에서 말순 씨에게 한마디 했다.

"조만간 의정부 찍고 민통선까지 가겠구만…."

새로운 집에 도착했다. 순간 낯익은 냄새가 코끝을 스치고 지나갔다. 불안, 초조, 설마, 혹, 역시나였다. 문을 열고 들어가자 마당 한쪽에 더 오래된 장승처럼 라일락나무가 떡 하니 서 있었고 그 밑에 더 크고, 단단해 보이는 용상이 위용을 뽐내고 있었다.

"라일락나무 있는 집 잘도 구했네."

긴 롤러코스터 생활을 마치고 말순 씨의 말대로 '인간답게 살기 위해' 생전 처음 아파트로 이사를 갔다. 숲속의 아파트. 집 계약을 말순 씨가 했기에 아무런 정보도 없었다. 이삿날이었지만 저녁에 중요한

말순 씨는 나를 남편으로 착각한다

미팅 때문에 회사에 출근했다가 거래처 사람과 술을 마시고 설레는 마음으로 새 집으로 갔다. 많이 취했지만 살던 집에서 10분 거리이기에 찾는 데는 별 어려움이 없었다.

술에 취해 기다시피 하며 방으로 들어갔다. 하지만 새벽녘, 머리가 아파 눈이 떠졌다. 순간 낯익은 냄새가 코끝을 찔렀다. 불을 켜보니 아니나 다를까 라일락꽃 한 무더기가 침대 맡에 떡 하니 놓여 있는 게 아닌가. 내 고함에 놀라 달려 들어온 말순 씨는 방 안을 살펴보더니 물었다.

"왜 어디 아프냐?"

침대에서 일어나려다 술기운이 핑 도는 바람에 몸이 휘청거렸다.

"나, 죽이려는 거지?"

"그게 무슨 말이여?"

"백합처럼 꽃향기로 날 보내려는 거 아냐?"

10초 후 쓰레기통에 무언가 처박히는 소리가 들렸다.

새 아침이 밝았다. 어제의 기억은 사라지고 담배를 피우기 위해 베란다로 나갔다. 북한산이 바로 앞에 보이고, 서울 시내 쪽이 훤하게 보이는 등 전망이 기가 막히게 좋았다. 베란다 문을 열었다. 낯익은 냄새. 아파트 밑을 보는 순간 절망할 수밖에 없었다. 우리 동 입구에 한 그루도 아닌 여러 그루의 라일락나무가 일렬로 줄지어 서 있는 게 아

닌가. 한마디로 라일락나무 밑 평상도 아닌 라일락나무 위 대형 평상
으로 이사를 온 것이다.

"인정할 테니 잠잘 때만이라도 베란다 문 열지 마. 죽기 싫어!"

말순 씨는 왜 라일락나무 밑 평상에 집착하는 것일까? 롤러코스
터를 타던 남자 1호 일랑 씨 사업, 여자 2호 낳던 날, 또 딸 낳았냐는
불 보듯 뻔한 시부모의 무시무시한 핍박을 피해 서울로 도주해야 했던
삶. 그리고 남자 1호 일랑 씨의 10년 외도 등 그녀의 삶엔 역한 냄새만
진동하지 않았던가. 그러니까 평상은 조금이나마 자유로울 수 있는 곳,
즉 자신만의 세상이었고, 라일락 향기는 한줄기 희망의 향기였던 것이
다. 그래, 말순 씨의 인생에서도 향기로운 꽃향기가 날 수 있다면 그 무
엇이 대수랴. 아주 오랜 세월 동안 라일락 꽃향기 맡으며 함께였으면
더 바랄 것이 없겠다.

말순 씨는 나를 남편으로 착각한다

소주
두 병짜리
날

주말 이른 아침, 말순 씨는 유별남 사진작가가 선물해준 작품 앞에 돌부처처럼 앉아 있었다. 평상시와 달리 아침 인사도 없었고, 내가 베란다에 나가 담배 한 대를 천천히 피우고 들어올 때까지도 사진에서 눈을 떼지 못 했다. 난 숙취를 느끼며 소파에 누워 그녀의 뒷모습을 멍하니 쳐다보았다.

10여 분쯤 흘렀을까. 말순 씨가 뜬금없는 말을 했다.

"그립구면. 엄니가."

주말 이른 아침부터 이 무슨 황당한 시추에이션인가. 하지만 선뜻 무슨 말인지 물을 수 없었다. 표정이 너무 심각했고, 순식간에 말순 씨의 두 눈동자가 동백꽃처럼 붉게 물들었기 때문이다.

"왜 그러는데?"

"저 사진 좀 봐야? 물동을 머리에 이고 자식들과 옹기종기 걸어가는 모습을 보니 어릴 적 생각이 나는구만. 니 외할머니와 새참을 머리에 이고 가던 때가 생각이 나서 사삭스럽게 눈물이 나네잉."

그랬다. 어제 술에 취해 초록빛 밭만 보았지 사진작품 끝에 조그맣게 물동이를 머리에 이고 가는 엄마와 어린아이의 모습은 보지 못했다. 아린 추억 때문일까? 그때로 돌아가고픈 그리움 때문일까? 말순 씨는 지금 사진 한 장을 보며 그리움이 스민 60여 년 전 유년 시절로 돌아가 있었다. 72세 늙은 소녀의 눈에서 꽃비가 내리고, 창밖에도 비가 내리는 아침이다.

주말 낮. 담배를 피우며 비 오는 창밖 풍경을 보다가 간신히 창틀에 매달려 있는 빗방울 보며 요새 내 신세를 보는 것 같아 쓸쓸했다.

'간신히, 간신히.'

어느 집에선가 전을 부치는지 냄새가 솔솔 풍겼다. 그때 말순 씨의 목소리가 들렸다. 거실 술상에 김치전과 소주 한 병이 놓여 있었다.

"무슨 날이래?"

"니가 예전에 말했잖여. 오늘 같은 날은 소주 두 병짜리 날이

말순 씨는 나를 남편으로 착각한다

라고."

"선무당이 다 됐군. 그러다 사람 잡아."

"사람들이 우는 건 다 지 설움에 우는 것이여. 삶은 살아지기도
하지만 살아내야 하는 시기도 있어야. 니 잘나가던 시절도 잊고, 떠나
간 사람들도 잊고, 마음 잘 추슬러야."

'살아내야 하는 시기!'

말순 씨는 매사에 모른 척, 아닌 척, 무심한 척해도 내 속을 꿰뚫
고 있었다. 그녀가 방으로 들어가자 많은 추억이 스치고 지나갔다. 40
대 중반의 늙은 아이의 눈에서 실수로 소주 비가 내리고, 창밖에도
비가 내리는 낮이다.

주말 저녁, 말순 씨는 사진을 보며 커피를 마셨다. 난 거실 술상에
앉아 말순 씨의 뒷모습을 보며 소주를 마셨다. 그녀의 그림자가 울고,
내 그림자가 울고, 창밖은 여전히 비가 내리는 저녁이다.

그랬다. 사랑은 아마 그 어디에도 없을지 모르고, 그것은 그리움
이 전부일지도 모른다.

나이가 들면 눈물도, 그리움도 마를 거라고 생각했습니다.
하지만 사랑보다 더 진한 게 그리움인 것 같습니다.

그녀는
아직도
소녀일까

    주말 저녁, 거의 한 달 만에 말순 씨 방에 들어갔다. 우린 같은 집에 살고 있지만 특별한 일이 없으면 서로의 방문을 열지 않는 나름의 불문율이 있었다. 식사를 할 때도, 외출할 때도 방문 밖에서 큰 목소리로 의사를 전달할 뿐 오직 식탁과 거실만이 함께하는 공간이었다. 단 내가 회사에 출근하거나 외출했을 때 방 정리를 하러 들어오거나 나 또한 말순 씨가 외출했을 때만 방에 들어갔다.

    계절이 바뀌었는데도 말순 씨가 옷을 꺼내놓지 않아 장롱 속 있는 옷을 다 꺼내려고 방문을 열자 말순 씨는 황급히 무언가를 이불 밑에 숨겼다. 꼭 무언가를 훔쳐보다 들킨 사람처럼 두 눈이 동그래지더니 묻지도 않은 대답까지 했다.

"통장 정리 좀 하느라고."

"내가 번 돈이 뻔한데 그게 무슨 숨길 일이야? 좀 봅시다."

내가 단호하게 묻자 체념한 듯 이불 밑에서 몇 장의 사진을 꺼냈다.

"사진이잖아? 왜 통장이라고 말한 거야?"

"아이고, 남사스러워서 그랬어야."

사진을 보는 순간 머리가 띵했다. 다름 아닌 말순 씨가 처녀시절에 친구들과 찍은 사진이었다. 한 가지 특이한 점은 친구들은 모두 60년대 배경 드라마에서 본 흰 저고리에 검정색 치마를 입고 있었지만 말순 씨만 분홍색 꽃무늬 원피스에 하이힐을 신고 파마머리를 한 채라는 것이다.

"왜 혼자만 옷차림이 달라?"

"그때는 니 외갓집이 잘살았응께 그렇지."

외갓집은 잘살았었다. 논과 밭이 백 마지기가 넘게 있었고, 마을 사람들이 공동우물 쓸 때 외갓집 마당엔 개인 우물이 있었으며 솟을 대문에 사랑채까지 족히 몇 백 평은 됨직했다.

"음, 부잣집 셋째 딸, 오렌지족이었군!"

"니 아버지 잘못 만나 요 모양, 요 꼴로 살지만 지금도 초등학교 동창회 나가면 인기가 많아야."

왠지 당당한 목소리가 슬프게 들렸다.

말순 씨의 얼굴을 보자 어릴 적 본 만화영화 〈들장미 소녀 캔디〉에서 부잣집 딸로 나오는 이라이자의 모습이 떠올랐다. 가끔 술자리에서 "이라이자야말로 요새 남자들의 로망이지! 원조 오렌지족이랄까. 남자들의 보호본능만 자극하고 머리는 아줌마 파마를 한 촌스러운 캔디보다 부잣집 딸에 얼굴 예쁘고 긴 머리를 파마한 한마디로 페셔너블한 이라이자가 더 좋다"고 말하곤 했다.

"다 늙어서 과거만 생각하는 거 보기 안 좋아."

거실 술상에서 소주를 마시고 있는데 방으로 들어갔던 말순 씨가 다시 나오더니 생고구마를 들고 와 맞은편에 앉았다. 이 불안한 마음은 무얼까. 아까 한 말로 심사가 틀어진 게 분명했다. 말순 씨는 다 깎은 고구마를 술상에 내려놓더니 10여 분째 꽃을 보는 것도 아니고, 별도, 달도 없는 깜깜한 하늘만 처다보았다.

"밤이 너무 깜깜해 슬프구만."

온몸에 전율이 느껴졌다. 한 번도 들어본 적도, 생각해 본 적도 없는 표현이었다. 깜깜해서 슬프다니! 40년 세월 동안 남자 1호 일랑 씨와의 결혼 생활이 저 깜깜한 밤처럼 어두웠던 것일까? 아님 나와 단둘이 지낸 10여 년의 세월이 그녀의 속을 까맣게 태웠을까? 그녀의 지난 삶을 표현한 것이라는 생각에 이르자 마음이 무거워졌다.

72세, 괴로워도 슬퍼도 안 울던 소녀의 두 눈에 붉은 꽃이 피었다.

꽃보다
말순 씨

10여 년 전, 직장 동료들과 회식을 한 후 혼자 종로 거리를 걸었다. 조금씩 비가 내렸다. 종로 3가쯤 걸어왔을 때 빗줄기가 제법 굵어졌다. 비를 피하기 위해 가게 처마 밑으로 들어가 담배 한 대를 피우고 있는데, 맞은편 비닐 천막을 친 리어카에서 꽃을 팔고 있는 젊은 여자가 눈에 들어왔다. 꽃을 많이 못 팔았는지 빨간색 플라스틱 양동이엔 붉은 장미가 가득했다.

"장미꽃 한 송이만 주세요."

손님이 오자 꽃집 주인의 표정이 장미꽃처럼 활짝 피었다.

"아내 되시는 분 주시려고요? 그분 참 행복하시겠어요."

말순 씨는 나를 남편으로 착각한다

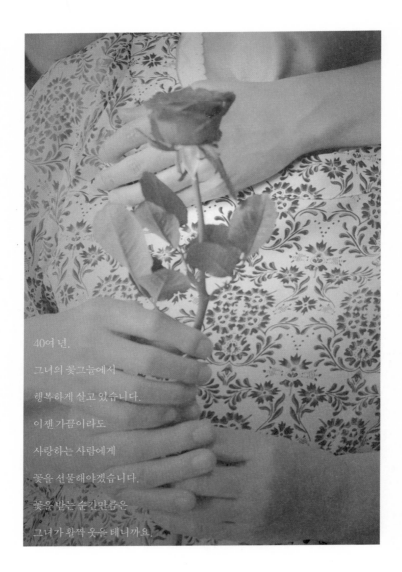

40여 년,

그녀의 꽃그늘에서

행복하게 살고 있습니다.

이젠 가끔이라도

사랑하는 사람에게

꽃을 선물해야겠습니다.

꽃을 받는 순간만큼은

그녀가 활짝 웃을 테니까요.

"왜요?"

"남편 되시는 분이 비 오는 수요일에 빨간 장미를 선물하는 낭만적인 분이잖아요."

〈수요일엔 빨간 장미를〉. 이 노래는 좋아했지만 애인이 있을 때도 한 번도 꽃을 사줘야겠다는 생각을 해 본 적이 없었다. 집으로 가는 동안 그 노래가 입에서 떠나질 않았다. 현관문을 열고 들어가자 잠자던 말순 씨가 나오더니 밥상을 차리기 시작했다.

"밥은 됐고 소주 반 병만 줘."

말순 씨는 졸린 눈을 비비며 술상을 차려 왔다. 장미꽃 한 송이를 건네자 표정이 꽃집 처녀처럼 활짝 피었다.

"뭐 하러 꽃을 샀냐. 돈 아깝게시리. 살다 보니 꽃 선물을 다 받아 보네잉."

그랬다. 남자 1호 일랑 씨는 결혼 전 잠깐 연애했을 때도, 신혼 때도 그리고 부부로 함께한 38년의 세월 동안 한 번도 말순 씨에게 꽃을 선물해 준 적이 없었다. 왜 한 번도 꽃을 선물을 하지 않았을까? 내가 아는 대한민국 사람 중 최고의 한량이며 낭만적인 사람이 아닌가. 단지 먹고 살기 힘들었기 때문일까? 낭만적인 사람이지만 꽃은 당신의 취향이 아니었을까? 아님 말순 씨를 사랑하지 않기 때문일까? 말은 돈이 아깝다고 했지만 말순 씨는 꽃병에 꽂아두었던 장미가 조금 시들해지자 꽃잎을 하나하나 따서 물 그릇에 담아 며칠 더 설렘을 만끽했다.

10여 년의 세월이 흐른 저녁, 작업실에서 돌아와 말순 씨에게 술상을 부탁했다. 옷을 갈아입고 나오자 술상이 차려져 있었다. 꽃 화분과 함께 말이다. 왠지 어색했다. 칠순 잔칫상도 아닌데 꽃이라니.

"이 꽃 뭐야?"

말순 씨가 맞은편에 앉으며 하는 대답에 미소를 지을 수밖에 없었다.

"선물이여. 니 줄라고 샀당께. 화분도 찬찬히 봐봐야?"

'힘내! 사랑해!'

10여 년 전, 말순 씨에게 장미꽃을 선물했듯이 이젠 그녀가 마흔이 넘은 늙은 아이에게 꽃을 선물한 것이다. 17년 동안의 직장 생활을 접고 주말에도 도시락을 싸서 친구 작업실에 가는 모습이 안쓰러웠던 것일까? 내가 대학에 합격하는 순간 마당에서 도시락통을 발로 깨부순 그녀인데, 20여 년 세월이 흐른 후에 다시 도시락을 싸게 될 줄 그 누가 알았겠는가. 여하튼 말순 씨는 백반집보다 많은 일곱 가지 반찬의 도시락을 싸주면서도 국 없는 한 끼를 미안해했다. 그래서 회사에 다닐 때보다 더 일찍, 더 당당한 걸음걸이로 출근했다. 말순 씨가 베란다에서 보고 있다는 걸 알고 있기에. 그래, 현실은 〈나에게 아내는 오지 않는다〉이지만 말순 씨를 위해서라도 〈나도 아내가 있으면 좋겠다〉라는 바람이 이루어지길. 말순 씨에게는 '며느리꽃'이 가장 큰 선물일 테니까!

0퍼센트의
사랑

주말 낮, 비가 오는 탓인지 페이스북에 술과 안주 사진이 많이 올라왔다. 제주도에 사는 지인들은 해물파전, 문어숙회와 제주 막걸리 사진을 올렸고, 낮부터 삼겹살을 굽는 사진, 탕수육에 고량주 사진, 광어회와 매운탕에 술 마시는 사진들이 도배하다시피 했다. 그중 파주 전원주택에 사는 지인의 사진이 유독 눈길을 끌었다. 지인은 부모님과 함께 텃밭에 다양한 채소와 농작물을 취미로 재배했는데, 그날 수확한 채소로 만든 음식 사진을 많이 올리곤 했다. 오늘은 밭에서 방금 딴 호박으로 만든 호박전을 올렸다. 평상시 전류를 좋아하지 않았지만 오늘은 유난히 호박전이 땡겼다. 한참 동안 호박전 사진을 보다가 말순

말순 씨는 나를 남편으로 착각한다

씨 방문을 슬그머니 열어보았다. 아무리 비가 온다고 한들 아침식사도 거르고 낮부터 술 마시는 걸 그 누가 좋아할까.

"밥 줄까?"

호박전 사진을 보여주며 내 의사를 간곡하게 전했지만 결론은 욕만 한 바가지 먹었다.

"이 무슨 호박 박 터지는 소리여. 니가 그 모냥 그 꼴이니 호박 같은 마누라도 안 생기는 것이여."

이건 선전포고나 다름없었다. 전쟁 발발 일보 직전이었다.

'호박전이 호박 같은 마누라로 발전하다니!'

잠시 생각해 보니 이 주제는 경험상 끝이 없는 소모전이 될 것이 분명했기에 끓어오르는 분노를 꾹 참고 방으로 들어갔다. 이럴 때는 전쟁보다는 침묵시위를 하는 게 상책이었다.

얼마나 낮잠을 잤을까. 그때 말순 씨의 목소리가 들리더니 방문이 열렸다. 거실로 나가 보니 떡볶이와 포도 한 송이로 술상이 차려져 있었다. 휴전 협상 테이블이 차려진 것이다. 하지만 호박전은 없었다.

"아침식사를 안 했응께 요걸로 속 좀 채우며 마시그라잉."

소주를 반 병쯤 마셨을 즈음 부엌으로 간 말순 씨가 호박전이 담긴 접시를 들고 왔다.

"언제 했대?"

"아까침에 마트에 가서 사왔어. 호박전 만드는 건 일도 아니여."

그랬다. 말순 씨는 가뜩이나 엘리베이터 교체 공사 중인 아파트 8층을 계단으로 오르내리며 빗속을 뚫고 마트에 가서 호박을 사와 호박전을 부친 것이다. 일주일에 세 번 무릎과 허리 물리치료를 받는 그녀가 아닌가.

"없으면 없다고 말하지. 또 누굴 탓하려고?"

"탓은 누굴 탓한다고. 글고 아까침에 호박 같은 마누라 말한 거 미안해."

문득 얼마 전 비 오는 어느 날의 말순 씨의 질문이 떠올랐다.

"니 아부지가 나를 사랑했응께 결혼했것지야?"

"아니!"

"그래도 조금이라도?"

"돈 때문에 결혼했어. 100퍼센트!"

그 사건으로 며칠 동안 대화가 중단됐었다. 식사를 할 때도, 술을 마실 때도 서로 아무 말도 하지 않았다. 말순 씨의 침묵시위였을까? 미안한 마음이 들었다. 앞으로 그 질문을 다시 받는다면 다른 대답을 해야겠다. 어느 노래가사처럼 사랑은 받는 것이 아니라 오로지 주는 거라 하지 않았던가. 말순 씨는 100퍼센트 사랑을 주며 결혼한 것이고, 0퍼센트 실망을 안겨준 여인라고 말이다. 오늘의 전쟁, 아니 침묵시위는 단 한 시간 만에 철회되었다.

말순 씨는 나를 남편으로 착각한다

말순 씨는
나를 남편으로
착각한다

"학교 파하면 언능 집에 와야."
"퇴근하면 술 마시지 말고 언능 집에 와야."

매일 아침 반복되는 말순 씨의 간절한 소망이고, 30여 년 동안
지켜지지 않는 약속이다. 초등학교에 다닐 때는 친구들과 놀다가 해
가 질 무렵에야 집에 들어갔다. 중학교에 다닐 때는 만화방과 오락실
에 들렀다가 집에 들어갔고, 고등학교에 다닐 때는 단과학원, 카페, 술
집 그리고 독서실에 갔다가 새벽 1시 정도가 되어야 집에 들어갔다.
대학에 다닐 때는 말해 무엇하랴. 외박 안 하고 집에 들어가면 다행이

었다. 회사에 출근하면서부터는 한마디로 자유 시대였다. 월간지 기자일 때는 마감이 걸리면 일주일 동안 집에 못 들어가는 건 기본이요, 출판사에 다닐 때는 술 마시다가 회사 근처 지인의 집이나 아예 회사 소파에서 숙박을 해결했다. 결론적으론 결혼을 못했고, 부양해야 할 아내와 자식이 없었기에 가능했다.

　말순 씨의 아침 배웅법도 집에 따라 변했다. 단독주택에 살 때는 대문 밖까지 나와 지켜지지 않는 소망을 강요하며 내 모습이 안 보일 때까지 서 있었다. 빌라에 살 때는 1층까지 내려와 배웅을 했다. 그럼 아파트로 이사 와서는 어떻게 변했을까? 처음엔 나도 참 궁금했었다. 하지만 속으론 별수 없을 거라고 생각했다. 하지만 오판이었다. 현관 문을 열고 나가면 내 가방을 들고 따라 나와 엘리베이터 버튼을 눌렀다. 문이 열리면 가방을 건네며 지켜지지 않는 소망을 말했다. 한마디로 대꾸 없는 메아리였다.
　"술 마시지 말고 언능…."
　쥐구멍이라도 있으면 숨고 싶은 순간이랄까. 우리 집 전용 엘리베이터도 아니고, 위층에 사는 사람들도 출근시간이 아니겠는가. 엘리베이터에 타고 있던 사람들이 애써 웃음을 참는 게 느껴졌다. 한 가지 더 말하면 한 20여 미터 걷다가 설마 하며 돌아보니 베란다에서 내려다보며 손을 흔들고 있는 게 아닌가. 아파트에서의 첫 출근이기에 그러려니 했지만 슬픈 예감은 틀리지 않는 법, 몇 년째 말순 씨의 엘리베이터걸 생활은 쭉 이어지고 있다.

말순 씨는 평생 남자 1호 일랑 씨가 출근하면 대문 앞까지 배웅했고, 퇴근할 시간이면 밥상 차릴 준비 태세에 돌입해 있었다. 요새는 자식들의 입맛에 맞춰 식단을 짜지만 이 집안에서는 있을 수도, 있어서도 안 되는 일이었고, TV 시청 시간, 취침시간, 기상시간 등 모든 것이 남자 1호 일랑 씨의 생활 패턴에 맞춰져 있었다. 13년 전, 남자 1호가 하늘나라로 떠나면서 견고한 왕조가 무너졌다고 생각했지만 실상은 정반대였다. 한 명의 남자가 떠나자 말순 씨는 40년 동안의 패턴을 남은 한 명의 남자에게 적용했다. 본인의 뱃속에서 10개월 동안 품어 세상에 내놓은 새 집, 즉 나였다.

40여 년의 세월이 흐르다 보니 아이는 어느새 '늙은 아이'가 되어 있고, 직장생활에 찌들어 체력이 떨어지는 게 보이자 말순 씨는 생활 패턴에 변화를 주었다. 예를 들면 반찬 가짓수를 15가지에서 20가지로 늘렸고, 국도 세 종류를 끓였다. 어느 하나 입에 맞으면 조금이라도 식사를 더하지 않을까 하는 마음이었다. 아침에 일어나면 욕조에 물이 받아져 있고, 기상시간 전에 깰까 봐 까치발을 들고 다녔고, 소리 안 나게 밥상을 다 차린 후 깨웠다. 심지어 내가 아프면 병원에 대신 약을 받으러 갔고, 은행 업무는 물론 집안 행사까지 점점 본인이 소화해내는 등 일의 가짓수를 늘려 갔다. 여하튼 아무리 말려도 소용이 없었다. 단 하나, 고집을 꺾을 방법은 결혼뿐인데, 그게 맘대로 되는 일이겠는가. 여하튼 내일도, 모레 아침에도, 말순 씨는 엘리베이터걸이 될 것이다.

"자꾸 이러지 마. 나중에 상실감을 어떻게 감당하라고?"

"니가 결혼하든가, 아니면 내가 죽기 전까지 뭐시든 해줘야지. 죽으면 썩어 문드러질 몸인디."

가끔, 말순 씨는 나를 남편으로 착각한다. 아니, 생각한다. 나에게도 소녀 같은 아내가 있다. 72세 말순 씨!

이상한
술집

쌍문동 1970년대풍 선술집 〈허공〉.
오픈 시간 불투명, 테이블 하나.
그날 재료에 따른 안주.
흡연 OK, 노래 OK, 술 외상 OK,
단 술 처먹고 울지 말 것.

이 술집엔 매일 한 명의 손님이 온다. 아침 8시, 오후 2시, 4시, 저
녁 7시, 새벽 1시 등 오는 시간도 일정하지 않다. 주인 여자는 자다가
도 그 손님이 오면 아무 말 없이 주문을 받고, 손님이 술을 다 마시고

나면 문을 닫는다. 오늘도 손님은 소주 한 병과 안주를 주문하며 꼭 한마디를 빼놓지 않고 한다.

"양은 조금만."

10분 후, 손님의 주문과는 달리 2인분짜리 안주가 한두 가지 더 나온다. 손님이 두 잔 정도 술을 마시자 주인 여자는 자연스럽게 맞은편 자리에 앉는다. 손님은 아랑곳하지 않고 고개를 숙인 채 술만 마신다. 아무 말 없이 손님만 쳐다보고 있던 주인 여자는 어제도, 그제도, 한 달 전에도, 일 년 전에도, 10년 전에도 했던 이야기를 하지만 마지막은 항상 대답하는 이 없어도 질문형으로 끝을 맺는다.

"내가 스물세 살에 한 남자를 만나…? 썩어 자빠질 인간…? 여하튼 나를 조금이라도 사랑했으니까…?"

손님은 여전히 술만 마시고, 주인 여자는 계속 이야기를 한다. 상대방이 듣든 말든 아무 상관 없이. 술만 마시던 손님이 약간 취기가 오르는지 노래를 부른다. 매일 이 시간이면 부르는 배호의 〈누가 울어〉. 주인 여자는 이야기를 멈추고 창밖을 바라본다. 노래가 끝나자 손님은 다시 술을 마시고, 이번엔 창밖을 보던 주인 여자가 노래를 부른다. 윤수일의 〈사랑만은 않겠어요〉. 손님의 술 마시는 속도가 급격히 빨라진다. 손님의 테이블에 소주 한 병이 더 놓인다. 주인 여자는 슬쩍 손님의 표정을 살피더니 다시 좀 전의 이야기를 이어간다. 남자는 수첩을 꺼내 무언가를 적기 시작한다.

말순 씨는 나를 남편으로 착각한다

내일도, 모래도

주인 여자의 그리움은

잠들지 않을 테고,

그 손님은

내일도 모래도 찾아올 것이다.

다 잊으면 꽃이 필까?

칠순의 순정

중독은 그리움을 낳는다!

'가끔 가슴 아픈 일도 과장되고 아름답게 기억될 때가 있다. 그건 누군가를 아름답게 기억해 당신이 아름답게 살아야 할 가치를 찾아야겠다는 강한 그리움의 표현이 아닐까? 그래서 아픈 기억도 때론 사랑의 추억으로 바뀌는 것이 아닐까?'

손님은 소주 두 병이 바닥을 드러내자 손목에 끼고 있던 염주를 돌린다. 주인 여자는 안타까운 눈빛으로 손님을 쳐다본 후 이내 동백꽃에 시선을 둔다. 손님이 마지막 잔을 안 비우고 술집을 떠나며 노래를 부른다.

"그대는 몰라 그대는 몰라 울어라 색소폰아~"

혼자 남은 주인은 손도 안 댄 안주를 물끄러미 쳐다본다. 어느새 주인 여자의 두 눈동자에 붉은 동백꽃 물이 든다. 주인 여자가 숨어들어간 방에서 한숨보다 깊은 노랫가락이 새어나온다.

스쳐버린 그 약속
잊어야 할 그 약속
허공 속에 묻힐 그 약속.

마음이
기억하는
한

'올컥울컥. 찔끔찔끔. 울컥… 주르륵 줄줄줄.'

그래, 오늘 울었다. 퇴근길 만원 지하철에서 책을 읽다가 울었다. 2호선에서 4호선으로 갈아타기 위해 걸어가면서도 울었다. 남자 1호 일랑 씨가 하늘나라로 떠난 후 13년 만에 울었다. 며칠 전, 책을 읽다가 저자가 인용한 한 산문집의 한 구절을 읽었는데 울컥했다. 평상시 그 작가의 작품을 좋아하지 않았지만 이 산문집은 마음이 원해 서점에서 책을 구입했다.

《바다의 기별》〈광야를 달리는 말〉. 아버지에 대한 글이었는데, 읽는 순간 나도 모르게 울컥하더니 눈물이 흘러 내렸다. 울컥 치미는 슬

말순 씨는 나를 남편으로 착각한다

폼이랄까!

현관문을 열고 들어가자 말순 씨가 방에서 나왔다. 퉁퉁 붓고 충혈이 된 내 눈을 보더니 매우 당황하며 무슨 일이냐고 물어왔다.

"술 한 병 줘?"

말순 씨는 아무 말 없이 술상을 봐 오더니 맞은편에 앉았다.

"왜 울어야? 길에서도 운 것이여?"

술 한잔을 마시자 참았던 눈물이 쏟아졌다. 한참을 울고 나니 조금 진정이 되었다. 한편으론 속이 시원했다. 가방에서 책을 꺼내 말순 씨에게 주며 한마디 했다.

"방에 가서 두 번째 글 읽어 봐."

말순 씨가 방으로 들어가고, 멍하니 천장만 올려다보았다. 글을 다 읽었을 시간이 지났는데도 말순 씨는 방에서 나오지 않았다. 소주 한 병이 다 비어 갈 때쯤 방에서 나온 말순 씨의 두 눈도 충혈되어 있었다.

몸에 있는 수분도 서서히 말라갈 나이, 이젠 빈 우물처럼 눈물이 마른 줄 알았는데 자꾸 눈이 울었다. 가슴속에 응어리졌던 서글픔일까? 갈 곳 잃었던 마음을 들켰기 때문일까? 우린 서로 아무 말도 없이 천장만 올려다보았다. 오늘 밤 꿈에서라도 볼 수 있으면 좋으련만….

참기름만은
아니되오

　　요즘 식사 때마다 잦은 전쟁을 치르고 있다. 음식 맛이 한결같지가 않다는 게 이유 아닌 이유였다. 남들, 특히 우리 집에 한 번이라도 와서 식사를 한 지인들에게 이런 이야기를 하면 배부른 소리를 한다고 타박을 받기 일쑤였다. 심지어 그러니까 결혼을 못한다는 둥, 넌 말순 씨 없으면 산송장과 다름없다는 둥 아마 배심원 백 명에게 판결을 맡기면 100대 0으로 무기 징역형이 내려질 거라나 어쩐다나. 내 편은 단한 명도 없었다.

　　지인들이 말순 씨 편을 드는 데는 다 이유가 있었다. 반찬 가짓수 때문인지 우리 집 밥상을 보고 어마어마한 밥상, 즉 '황제 밥상'이라고 불렀다. 우리 집은 메인 요리 하나에 반찬 서너 개로 차린 밥상이 아니라 오로지 반찬만 있는 밥상이었다. 하늘나라로 떠난 남자 1호 일랑 씨의 까다로운 입맛에 맞춘 밥상인 줄 알았는데, 여전히 반찬 가짓수는 줄지 않았다. 그러니까 한마디로 말순 씨의 입맛에 맞춘 것으로 추측할 수밖에.

항상 국은 세 종류. 아침, 점심, 저녁 다르게 밥상에 올라 왔다. 국의 양을 많이 끓이기 때문에 순서만 바뀔 뿐 며칠은 똑같이 밥상에 올라올 것이다. 단 김치찌개만은 국과 함께 밥상에 올라왔다. 기본적인 밥상은 다음과 같다.

'된장국, 김치찌개, 생선(말순 씨 반찬), 불고기(내 반찬), 배추김치, 총각김치, 깍두기, 동치미(여름엔 열무김치), 볶은 김치, 마늘장아찌, 시금치나물, 콩나물, 도라지무침, 감자볶음, 오뎅볶음, 진미채볶음, 계란 쇠고기 장조림, 김, 브로콜리, 배추쌈, 젓갈, 깨소금, 참치 캔, 작은 접시에 치즈 한 장, 계란 프라이, 비엔나소시지 두 개, 수제 소시지 두 개.'

한 밥상에 20여 가지의 반찬이 올라오니 지인들이 놀랄 수밖에. 혼자 사는 지인들은 주말에 전화해 외출할 일 있냐고 물어보고 없다고 하면 한 시간 뒤에 무작정 집으로 쳐들어왔다. 집 반찬이 소문이 나면서 여자 지인은 물론 제주도에 사는 지인들도 서울에 오면 우리 집에서 하룻밤을 머물렀다.

내가 우리 집 반찬을 다 좋아할까? 전형적인 한국인 입맛인 말순 씨와 초딩 입맛인 나는 먹는 반찬이 극명하게 갈렸다. 일단 한 젓가락이라도 먹는 반찬은 국과 김치찌개, 동치미, 장조림, 참치 캔, 작은 접시에 담긴 음식 정도라고 할까. 특히 김치찌개는 좋아하기에 음식 전쟁은 이 음식으로 인해 시작되었다. 어느 날부터 음식 맛의 편차가 커져 자주 분쟁이 발생하자 말순 씨는 참기름을 넣어 고소함으로 무마시키려 했다. 하지만 다른 반찬에 참기름을 넣는 건 참아도 김치찌개는 예외였다. 오늘 음식 전쟁도 김치찌개에 참기름을 넣는 바람에 터졌다.

"김치찌개에 참기름 넣지 말라고 했잖아?"

"맛있으라고 넣었어야. 니 입맛이 유별난 것이여. 남들은 돼지고기도 넣고, 참치도 넣어야 맛나다고 하더만. 나도 그렇고."

말순 씨는 은근슬쩍 남들 이야기로 돌리며 넘어가려고 했다.

"간도 안 보고 대충대충 만드니까 만날 음식이 맛이 다르지."

"이젠 늙어서 음식도 제대로 못 만들고, 아무 짝에 쓸모가 없구만."

갑자기 한탄조로 말을 하니 순간 열이 확 끓어올랐다.

"우리의 삶이 그리 고소하지는 않았잖아?"

말순 씨는 잠시 내 얼굴을 쳐다보다가 아무 말 없이 반찬 뚜껑을 닫고 방으로 들어갔다.

우리 가족의 삶은 그리 고소하지 않았다. 모든 문제는 남자 1호 일랑 씨에서 시작되었지만 집안사람들도 한 수 거들기 일쑤였다. 한마

말순 씨는 나를 남편으로 착각한다

디로 고소한 삶은커녕 밍밍한 삶도 살지 못했다. 가장 큰 피해자는 당연히 말순 씨였다. 몸 어디 하나 성한 곳이 없었다. 엄마라는 단어에서 파스 냄새가 날 정도였으니까. 살아온 환경 탓인지도 모르겠지만 김치찌개만큼은 아무것도 넣지 않은 칼칼한 김치 본연의 맛으로 먹고 싶었다. 왠지 속이 개운하고 몸 안에 쌓여 있던 화 기운이 빠져나가는 느낌이 들었기 때문이다. 그날 이후 며칠째 말순 씨와의 대화가 중단되었다. 밥을 먹을 때도, 거실에서 마주쳐도 서로 외면했다. 답답한 마음에 지인과 술 한잔을 하며 집안 상황을 말했다. 하지만 내 말을 들은 지인이 뜻밖에도 언성을 높이는 게 아닌가.

그랬다. 얼마 전. 우리 집에서 지인과 술 한잔을 하다가 내가 먼저 취해 방으로 들어갔을 때 말순 씨와 깊은 대화를 나누었다는 것이다. 지인이 왜 이렇게 반찬을 많이 놓고 식사를 하시냐고, 힘들지 않으시냐고 물으니 애가 하도 입이 짧아 반찬을 많이 해놓으면 한 점이라도 더 먹지 않을까 해서 힘들어도 만든다고 했단다. 그 말은 듣는 순간 머리가 멍해졌다. 틀니 때문에 음식의 간을 보기도 힘들었을 텐데. 잠시 술잔을 내려다보다가 자리에서 일어났다. 꽈배기를 사갖고 가서 식탁에 올려놓자 말순 씨의 표정이 금세 밝아지더니 밥상을 차리기 시작했다. 저녁 12시, 늦은 밥상에서 향기가 났다. 고소했다. 말순 씨 마음만큼!

인생은 제 뜻대로 고소하기가 쉽지 않습니다.
특히 부모 세대의 삶은 더욱 그렇겠지요.

하지만 그녀의 살아온 삶을 되짚어 보니
고소한 향기가 나는 이유를 알겠습니다.

그날의
시린 발은
무사할까

함박눈이 내리던 날, 서른한 살의 여자가 한 남자의 뒤를 쫓는다. 그 남자는 가끔 누가 쫓아오는 건 아닌지 불안한 눈빛으로 뒤를 돌아본다. 버스를 탈 때도, ○○○의 집 근처까지 갔을 때도 들키지 않고 미행을 했으나 마지막 순간 남자에게 들키고 말았다. 남자가 여자의 뺨을 후려쳤다. 한 대 두 대….

남자는 넘어진 여자를 발로 밟기 시작했다. 외진 길이라 지나다니는 사람도 없어 여자는 좀처럼 남자의 폭행에서 벗어나지를 못했다. 여자는 길거리에 쓰러져 일어나지 못했다. 얼굴은 부어오르고 입가엔 피가 흘렀다. 그리고 한참 동안 남자의 입에서 갖은 욕설이 쏟아져 나왔

다. 몇 발짝 제 갈 길로 걷던 남자가 다시 여자에 돌아오더니 쓰러져
있는 여자의 신발을 벗겨 지붕 위로 던져버렸다. 그리고 여자의 지갑마
저 빼앗은 뒤 황급히 사라졌다.

남자가 사라지자 여자는 두들겨 맞은 몸을 겨우 일으켜 맨발로
멍하니 서 있었다. 그때 지나던 자동차 한 대가 멈춰 섰다.

"왜 젊은 처자가 이 눈 오는 날에 맨발로 서 있습니까? 혹 강도를
만나셨나요?"

차 안에 있던 노부부가 내리더니 여자에게 물었다.

여자는 아무 말도 하지 못했다. 여자는 노부부의 호의로 자동차
를 타고 집으로 돌아왔다. 노부부는 여자가 사는 큰 집을 보더니 한마
디 하고 떠났다.

"아무리 힘들어도 꿋꿋하게 살아내요."

남자는 이미 집으로 돌아와 있었다. 아무 일 없었다는 듯이 밥을
먹고 방으로 사라졌다. 그리고 40여 년의 세월 동안 그날 일은 묻혔다.

주말 늦은 오후, 창밖 세상이 온통 하얗게 변했다. 오랜만에 함박
눈이 내렸다. 말순 씨는 TV를 보느라 몇 시간째 방에 틀어박혀 나오지
를 않았다. 야채 호빵 두 개를 전자레인지에 돌리고, 찐 고구마를 한입
크기로 잘라 접시에 담았다. 그리고 동치미 한 그릇으로 직접 술상을
차렸다. 겨울을 만끽하는 탁월한 안주 선택이었다. 소주 반 병쯤 마셨

　　　　　　　　　말순 씨는 나를 남편으로 착각한다

을 즈음 말순 씨가 방에서 나오다가 술을 마시고 있는 내 모습을 보더니 한마디 했다.

"왜 술 마시냐. 뭔 속상한 일이 있어야? 술상 차려 달라고 하지 그랬냐잉?"

"눈 오니까 마시지."

말순 씨는 눈이 오는 줄도 몰랐던 것이다. 창밖을 보더니 표정이 밝아지는 게 아니라 오히려 어두워졌다. 잠시 후 콩나물이 담긴 소쿠리를 들고 와 맞은편에 앉아 다듬기 시작했다. 난 술 한 잔 마시고 창밖을 봤지만 말순 씨는 콩나물만 다듬었다. 이상했다. 아무것도 보이지 않는 캄캄한 저녁 하늘을 보며 슬프다고 표현할 정도로 감수성이 많은 말순 씨가 아니었던가. 하물며 비 오는 날에도 감흥 있는 말을 하더니 왜 온 세상이 하얗게 변한 푸근한 풍경을 외면하는 것일까. 말순 씨는 한마디도 하지 않았다. 불안했다. 폭풍전야의 느낌이랄까. 술 한 병을 다 비울 즈음 내 쪽으로 뻗은 말순 씨의 발을 보았다.

"발 색깔이 왜 그래?"

말순 씨는 아무 대꾸도 하지 않고 콩나물만 다듬었다.

"난 눈 오는 날이 싫어야. 내가 그날 일만 생각하면…"

그랬다. 남자 1호 일랑 씨의 대한 많은 이야기를 들었지만 오늘 이야기는 머릿속을 하얗게 만들었고, 두 눈을 붉게 만들었다. 왜 오늘 40

여 년 동안 하지 않던 이야기를 풀어놓은 것일까? 오래 묵혀 두어야 할 만큼 아픈 기억이었구나! 여자에게 있어 가장 아픈 기억을 40년 만에 자식에게 말하는 마음을 도무지 헤아릴 길이 없었다. 단지 그 말을 들어 줄 수밖에.

고개를 숙인 채 술을 마시며 그녀의 발을 물끄러미 쳐다보다가 아무 말 없이 쓰다듬어 주었다. 내 눈이 살면서 몇 번이나 더 젖을까? 오늘 울지 않으면 누구를 위해 울 것인가? 40년 전, 31세 여인의 발은 무사할까?

마음 열고
사랑을 해봐

오늘은 귀 하나 열어 하늘에 겁니다.
하늘의 말을 듣고 싶습니다.

혹, 그리운 사람의 목소리도
함께 들리지 않을까요?

그리움은 떠나는 사람의 가슴에
남는 것이 아니라
떠나보내는 사람의 가슴에

영원히 남는 것입니다.

때론, 그리움도 잘 보듬으면
아름다운 추억으로 남지 않을까요?

이제 마음을 활짝 열고 사랑하려 합니다.

남자 1호 일랑 씨의 기일이라 가족이 한자리에 모였다. 1년에 한 번 공식적으로 술을 마셔도 되는 날. 남자 1호 일랑 씨가 술을 좋아했기에 말순 씨도 이날만큼은 아무리 술을 많이 마셔도 타박하지 않았다.

여자 1호와 2호 가족, 친척들이 모두 집으로 돌아가고 말순 씨와 단둘이 술상을 사이에 두고 마주 앉았다. 우린 아무 말도 하지 않고 밤하늘만 바라보았다. 눈물이 흘렀다.

혹시라도 밤하늘에서 그리운 이의 모습이 보이지 않을까 하는 마음일까? 깊은 마음의 상처는 가끔 그리움이라는 가면을 쓰고 아름다운 추억으로 남는 것일까? 자꾸 눈이 울었다. 자꾸!

말순 씨는 나를 남편으로 착각한다

얼마나 많은 세월의 흘러야
　　그리움의 무게를 덜어낼 수 있을까요?

그것이 어려운 일이라면 그리움을 차곡차곡 잘 개어
마음속에 정리해두어야겠습니다.

작두를
대령하라

말순 씨는 드라마 속 세상과 현실을 동일시했다. 퇴근 후 저녁식
사를 할 때나 술 한 잔을 마실 때면 누가 이랬다는 둥, 조선 팔도에 저
리도 나쁜 년은 둘도 없다는 둥, 누가 바람을 피우는데 천하의 나쁜 놈
은 그 잡놈이라는 둥 온갖 욕설을 퍼부어댔다. 한참 듣다가 조금 이상
한 것 같아 누구 집 이야기냐고 물으면 그제야 ○○○ 드라마에 나오
는 여자의 이야기라고 말했다. 내가 잠시 쩨려보면 슬그머니 꼬리를 내
렸다가 호시탐탐 그 이야기를 하기 위해 기회를 노렸다. 그러다가도 저
녁 7시 30분, 아침 8시부터 9시 30분까지는 전화가 오든 말든, 누가 집
에 들어오든 나가든, 집에 불이 나든 말든 신경을 끄고 자신의 방에서

드라마를 보면서 욕을 하며 당신만의 세상 속으로 빠져 들었다.

소주 반 병쯤 마셨을 즈음, 말순 씨가 방에서 나와 맞은편에 앉았다. 이번엔 말순 씨가 말을 꺼내기 전에 먼저 한마디 했다.

"드라마 이야기 좀 하지 마. 그리고 제발 욕 좀 하지 마."

"드라마 이야기 아니여. 니 사촌동생 ○○ 결혼한다는구만."

"○○도 나이가 몇인데, 당연히 결혼해야지."

"그러면 나는 왜 당연한 거 안 하는 것이여?"

평생 남자 1호 일랑 씨 때문에 할 말도 못하고 참아만 왔던 말순씨가 아닌가. 생각해 보면 그녀의 삶엔 권리보다 의무만 존재했었다. 그것도 잘해야 본전인 입장이었다. 심지어 집안 종부로서 시할머니와 시부모, 자식, 친척들까지 챙겨야 했던 그녀였다. 한 무속인이 묻지도 않았는데, 한마디로 말순 씨는 '소' 팔자라고 하지 않았던가. 평생 뼈 빠지게 일만 하고 결국엔 잡아먹히는 그런 삶 말이다. 결혼 후 50년, 가슴 속에 말할 수 없는 아픈 사연이 얼마나 꾸역꾸역 담겨 있을까. 한마디로 忍, 忍, 忍…이었다.

하지만 드라마 세상에서는 누구의 눈치도 볼 필요가 없었고, 참을 일도 없기에 말순 씨는 정의란 이름 하에 시퍼런 칼날을 들이대었다. 특히 바람 피는 남자는 천하에 나쁜 잡놈이요. 남의 가정을 파탄

내는 여자는 천하의 죽일 년이기 때문에 작두를 대령해 놓고 윽박을 지르는지도 모를 일이었다.

"드라마 보며 욕하는 건 이해할게. 단, 다른 사람 앞에서는 드라마 이야기하지 마. 욕도 방문 닫고 해. 윗집까지 들리겠어."

말순 씨는 술자리가 끝날 때까지 좀 전에 본 드라마 이야기를 했다. 우리 집엔 포청천이 살고 있다. 한 명의 카인의 후예와 함께.

결혼 후 50년.

그녀의 가슴속엔
얼마나 많은 말 못할 사연이 담겨 있을까요?

욕을 해서라도 가슴속에 응어리진 것이
풀어질 수 있다면 더 바랄 게 없습니다.

봄처녀

제
오시네

봄날, 베란다를 가득 메운 형형색색의 꽃이 만발했지만 말순 씨
는 만날 동네 숲에서 꽃을 꺾어와 서재에 꽃병을 놓아두었다.

"꽃집 차릴 거야?"

"꽃은 정직해야. 주는 만큼 돌려주잖여."

그랬다. 말순 씨는 오로지 누군가에게 주는 삶을 살았다. 하지만
돌아오는 것은 배신과 억압된 삶이었다. 한마디로 기쁨을 되로 주고,
슬픔을 말로 받는 불평등의 삶이었다. 하지만 꽃만큼은 배신하지 않았
다. 아낌없이 주는 만큼 기쁨을 돌려주었다. 꽃이 많을수록 말순 씨의

두 번째 기쁨은 커져만 갔고, 첫 번째 기쁨을 못 주니 참을 수밖에. 말순 씨가 방으로 들어가고 술 한잔 마시며 꽃을 쳐다보았다.

'꽃아, 너희들은 어쩜 하루도 빠짐없이 빨갛고 순수한 빛깔의 꽃을 피우니? 말순 씨가 너희들을 왜 사랑하는지 조금은 알겠다. 한결같은 모습! 사랑해주는 만큼 기대에 부응하려는 너희들의 노력이 있었겠지? 나도 아낌없이 주는 말순 씨의 마음이 늙지 않도록 노력해야겠다. 꽃아! 말순 씨는 나에게 꽃이고 매일 날 꿈을 꾸게 하는 편안한 숲이야!'

한 시간 후 말순 씨가 방에서 나왔다. 봄처녀 제 오시네!

사랑이란
등대가 되는
것

저녁 12시든 새벽 4시든 현관문을 열면
자다가도 파자마 차림으로 나와 밥상을 차리는 그녀.

누군가를 그리워한다는 건
누군가를 기다린다는 건
등대가 되는 것.

그랬다. 내 인생은 한 번도 허기질 때가 없었다.

누군가의 버팀목이 되어준다는 것보다
른 사랑은 없습니다.

2부

나에게
아내는
오지 않는다

가스레인지 위의
반성문

온 집 안에 연기가 가득 찼다. 서재도, 화장실도, 거실도 불길의 근원지는 아니었다. 방문을 열자 TV를 보던 말순 씨도 연기에 놀랐는지 부리나케 뛰쳐나왔다. 정말 불이 난 것일까? 큰 불은 아니었지만 불이 나긴 났었다. 얼마 전, 여자 1호가 비싸게 주고 사 온 놋쇠 주전자가 가스레인지 위에서 검게 그을리다 못해 타고 있었던 것이다.

범인은 역시나 말순 씨였다. 시골스러운 외모와 달리 하루에 한 잔씩 꼭 커피를 마시는 그녀가 커피 물을 올려놓고 드라마 속 막장녀에게 욕질을 하다가 사단이 난 것이다. 올해만 벌써 세 개의 주전자를 태웠다. TV 〈극한 직업〉의 쇳물 다루는 사람도 아니면서 수시로 놋쇠

밎 양은 주전자를 녹였다. 불 안 난 게 천만다행이었다.

"누굴 죽이려고 만날 불장난이야. 텔레비전을 꼬실라버리던지 해야지 원."

"아이고 늙웅께 정신이 나가가지고…."

"드라마 좀 그만 봐. 떡이 나와 콩이 나와? 만날 무슨 재판관처럼 판결을 내리지를 않나. 욕해 봐야 아무 쓸데 없어."

"내 취미여."

말순 씨는 못마땅한 표정을 지었지만 안도의 한숨을 내쉬며 방으로 들어갔다.

"하여튼 요새 하는 행동 보면 거의 폭탄 테러범 수준이라니까?"

말순 씨는 몇 시간째 밖으로 나오지 않았다. 《천수경》을 외는 것도 아니고, 드라마를 보지도 않았다. 낮잠을 자는 것일까? 매우 궁금했지만 잔뜩 뿔이 나 있을 확률이 높기에 방문을 열지는 않았다.

다음 날 아침, 물을 마시기 위해 부엌에 갔다가 가스레인지 위에 붙어 있는 종이의 글을 보고 깜짝 놀랐을 뿐 아니라 한편으론 마음이 짠했다.

자나 깨나 불조심. 음식을 한 후
꼭 가스레인지 밸브 검사할 것.

　　　　　　　　　　말순 씨는 나를 남편으로 착각한다

가스레인지를 켰을 때는 드라마를
보지 말 것.
나의 실수로 길거리에 나 앉는다.
매일 한 번씩 읽을 것.

　거의 반성문 수준이었다. 말순 씨가 깜빡하면 내가 한 번 더 보면 그만인 것을. 주전자야 또 사면 되는 것이고, 그 소녀를 데려간 저 세월이 미울 뿐이었다. 여하튼 오늘은 너무 말순 씨를 몰아세웠다. 누군들 주전자를 태우고 싶었을까? 방에서 나온 말순 씨에게 한마디 했다.
　"작가 해도 되겠어?"

축제의
의미

전라남도 영암 구림 벚꽃 축제. 말순 씨와 나 그리고 친구 유별남 작가와 셋이서 여행을 떠났다. 말이 여행이지 집안 시제時祭를 모시기 위해 떠나는 것이었다. 내가 운전을 못하는 관계로 친구에게 어렵게 부탁을 했는데, 부활절 미사가 있음에도 불구하고 동행해주어서 말순 씨의 고생을 덜어주었다.

월출산 밑 막내 외삼촌 집에 도착하자마자 친구와 나 그리고 외삼촌은 마을 구경을 하기 위해 밖으로 나갔다. 말순 씨는 외숙모와 할 이야기가 많다고 한사코 손사래를 쳤다. 월출산 도갑사, 백제 왕인 박사 유적지, 구림 대동계 등을 돌아보고 최 씨 문중 사당 안에 있는 유

말순 씨는 나를 남편으로 착각한다

명한 바위에서 조상님께 말순 씨의 건강을 빌었다.

100리 벚꽃 길 중심부인 구림 사거리에서 꽃구경을 했다. 마치 꽃 동굴 속에 들어온 것처럼 양쪽 길가 벚나무가 하늘을 가리고 있었다. 우리 일행은 넋을 놓고 벚꽃 축제를 만끽했다.

저녁식사 시간이 다 되어 집에 도착하니 말순 씨가 보이지 않았다. 작은 방에 가보니 누워 있다가 내 모습을 보더니 아무렇지도 않다는 듯 일어났다. 뭔가 불안했지만 저녁식사를 하러 안방으로 갔다.

우리는 술 한 잔씩 하며 담소를 나누었지만 말순 씨는 밥을 한술 뜨는 둥 마는 둥 했다. 내일 아침 일찍 시제를 모셔야 했기에 일찍 잠자리에 들었다. 잠자는 동안 옅은 신음소리가 귓가에 맴돌았다.

다행히 아무 일 없이 시제를 모시고 서울로 출발했다. 가끔 차 안에서 뒷자리에 돌아보았지만 말순 씨는 아무 일 없다는 듯 창밖만 바라보고 있었다. 저녁 8시 즈음, 분당 초입에 들어서자 아파트 불빛이 보이기 시작했고, 조금 뒤 불야성을 이루자 아무 말 하지 않았던 말순 씨가 한마디 했다.

"밝아 좋구먼. 이제 살겠구만."

"왜?"

"시골은 너무 깜깜해 슬퍼야. 시골에서 산 세월의 두 배를 서울에서 살았어야."

그 말이 조금은 이해가 되었다. 이제는 많은 세월이 흘러 부모도,

친척도 다 저세상으로 떠나고, 오로지 남은 것은 오래된 추억뿐인 고향. 또한 자신의 지나온 삶처럼 가로등 하나 없는 고향의 캄캄한 밤이 슬펐을지도 모르겠다. 한마디로 분당의 불빛이 그녀에겐 새로운 희망의 불빛일지도 모른다는 생각이 들었다.

저녁 10시 즈음 집에 도착했다. 말순 씨는 곧장 화장실로 들어가더니 헛구역질을 해댔다. 그리고 옷을 벗자마자 곧바로 눕더니 끙끙 앓기 시작했다.

그랬다. 차 안에서는 불편한 내색을 하지 않았지만 몸에 탈이 났었던 것이다. 어제도, 오늘도 거의 식사를 하는 둥 마는 둥 하지 않았던가. 집안 시제 모셔야 했기에 아픈 것을 참다가 집에 오니 긴장이 풀리는지 모든 걸 토해냈다. 수술도 하지 못할 정도로 허리가 아픈 말순 씨. 친구 집안 행사를 도와주러 온 유 작가에게 미안한 마음에 눕지도 못했던 것이다. 그러니까 난 벚꽃 축제를 즐겼고, 말순 씨는 밥을 넘기지 못할 정도로 무거운 시댁의 축제를 아픈 것을 참고 치른 것이다. 한마디로 우리의 축제는 각각 의미가 달랐다.

"내가 살아 있는 한 꼭 조상을 모셔야제!"

말순 씨가 약을 먹고 잠들었다. 옅은 신음소리가 벚꽃향기처럼 집 안에 퍼졌다. 살아낸 70여 년의 세월, 말순 씨의 얼굴이 구립의 오래된 벚나무를 닮아 있었다. 먼 훗날, 그녀의 젯밥은 누가 차려줄 것인가!

말순 씨는 나를 남편으로 착각한다

연꽃은 스스로 자랑하지 않아도 향기가 퍼집니다.

세월 앞에 몸은 꺾여도 마음은 꺾이지 않습니다.

치명적
음식

음식의 달인 말순 씨에게도 두 가지 치명적인 음식이 있었다. 바로 그 음식이 연휴의 첫날에 모두 밥상에 올라왔다.

점심식사, 말순 씨표 최악의 음식 1이 나왔다.

계란 프라이!

어찌 요리했기에 고무판보다 질길 수 있을까? 젓가락으론 찢어지지도 않았다. 특허감이었다.

오후, 팝콘 튀는 소리가 났다. 가스레인지에 놓인 냄비에서 계란 삶는 물이 졸다 못해 구워진 계란이 냄비 밖으로 팝콘처럼 튀어 올랐다. 펑~펑~! 얼씨구나! 말순 씨의 한탄, 아니 자학하는 목소리가 들렸

말순 씨는 나를 남편으로 착각한다

다. 아마 점심 계란 프라이를 만회하기 위해 계란 장조림을 만들려고 했을 것이다. 아마 터진 계란은 오늘 중으로 말순 씨가 뱃속이 품을 확률이 100퍼센트!

저녁식사, 최악의 음식 2가 나왔다.

돈까스!

기름 냄새가 끊이지 않는다. 접시에 올라온 것은 숯덩이와 흡사했고 속은 선홍빛이었다. 역시나 비렸다, 너무나. 돼지고기로 생선까스를 만들다니! 역시 특허감이었다. 말순 씨는 맞은편 자리에 앉아 물에 밥을 말아 먹으며 연신 자책했다.

"치매인가 봬. 집 다 태워 먹을 뻔했구만. 이래서 늙으면 죽어야 하는갑다."

"치매는 무슨? 그렇게 말하는 건 본인의 70여 년 인권을 침해하는 말인 거 몰라. 그냥 오늘 최악의 한 수를 두었다고 생각해!"

꾸역꾸역 죽을힘을 다해 다 먹었다. 잠시 후 말순 씨가 딸기 한 접시와 계란장조림 그리고 소주 두 병을 쟁반에 담아왔다. 허허, 참. 술을 먼저 주다니 내일은 해가 서쪽에서 뜨겠다.

"소주로 오늘 일을 확 씻어 부러."

기름 냄새, 탄 냄새, 간장 달인 냄새 그리고 사람 사는 냄새 가득한 저녁이다. 말순 씨의 말할 수 없는 마음을 맡으며 소주를 마셨다.

말순 씨,
너구리 한 마리
몰고 가세요

내 맴이여, 술 좀 작작 마셔라,
내가 니 때문에 못 살아야, 밥 더 먹어야,
니는 싸가지가 닷 돈어치도 없는 놈이여,
장가 좀 가라, 초등학교만 나온 여자에게라도,
운전면허 좀 따라… .
윤수일의 〈사랑만은 않겠어요〉,
드라마 속 못 된 주인공 이야기,
찐 고구마, 찐 옥수수, 시장 꽈배기, 절에서 준 떡,
마른 오징어, 젓갈, 수제비, 칼국수, 중국집 우동, 설렁탕,

말순 씨는 나를 남편으로 착각한다

가장 최근에 추가된 품목 부대찌개,
순한 맛 라면 그리고 떡볶이….

내가 제일 싫어하는 멘트와 음식들이다. 즉, 말순 씨가 제일 자주
하는 말과 폭풍 흡입하는 음식이란 뜻이다. 그중 제일 싫어하는 말은
세상에서 가장 말도 안 되고, 성질 돋우고, 어이없게 만드는 말순 씨의
너무나도 고상한 저 멘트. "내 맴이여." 그리고 다이어트한다며 저녁은
굶고 내가 몰래 담배 피우듯 몰래 4개씩이나 폭풍 흡입하는 세계 최고
의 음식. '찐 옥수수.'

어젯밤부터 아침까지 이어진 전쟁의 전말은 이랬다. 밤 12시, 술
한잔 거하게 걸치고 대문 앞에서 말순 씨의 이름을 수십 번 부르고 나
자 라면이 먹고 싶어졌다.
　"라면 하나 끓여줘."
　"무엇으로?"
　"신라면. 계란 넣고, 제발."
　우리 집 찬장은 마트의 라면 코너를 방불케 했다. 종류별로, 맛 별
로. 너구리 매운 맛과 순한 맛, 진라면 매운 맛과 순한 맛, 신라면, 안성
탕면, 삼양라면, 짜파게티, 팔도 비빔면, 사발면 등 그날의 기분과 컨디
션, 즉 술 마신 양에 따라 라면을 골라먹었다.

다시 이 라면들은 두 부류로 나누어졌다.

첫 번째, 계란을 넣어 먹는 라면과 안 넣어 먹는 라면. 너구리만 빼고 나머지 라면은 계란을 넣었다. 두 번째, 매운 맛은 내 것, 순한 맛은 말순 씨 것.

잠시 마룻바닥을 껴안고 있자 라면 먹으라는 말순 씨의 목소리가 들렸다. 식탁에 앉아 반쯤 접힌 눈을 비비며 한 젓가락을 떠 입 안에 쑤셔 넣었다. 코로 들어가는지 입으로 들어가는지… 그래도 라면 맛이 나는 걸 보니 입으로 들어간 건 틀림없었다. 두 젓가락째를 뜨려 할 때 굵은 면발 위에 노란 달이 떠 있었다. 다시마도 둥둥.

"이거 너구리잖아, 거기다 계란까지 넣고."

말순 씨의 얼굴을 흘낏 보았다. 그래, 너무나 똑똑히 보았다. 말순 씨의 당황한 모습, 눈 화장한 걸그룹의 눈처럼 두 배는 커진 눈. 마릴린 먼로처럼 반쯤 열린 입술에서 나직한 한숨이 새어 나왔다. 하지만 말순 씨가 누구인가. 70년 산전수전 육해공중전까지 치른 베테랑이 아닌가.

"신라면 맞아야. 그러니 당연히 계란을 넣어야제?"

"너구리인걸. 면발이 두껍잖아. 그것도 순한 맛."

"아니랑께, 면발은 불어서 그런 것이여. 시방 나를 못 믿는 것이여."

"일랑 씨도 저승에서 웃겠다."

순간 말순 씨의 안색이 변했다. 실수했다는 생각이 번뜩 들었다.

　　　　　　　　말순 씨는 나를 남편으로 착각한다

이 집의 금기어인 '일랑 씨.' 매번 다짐하고 또 다짐하지만 성질이 나면 불쑥 튀어 나왔다. 그 후 말순 씨의 입에서 무슨 말과 행동이 나올 줄 경험상 너무 잘 알고 있었다.

"내 맴이여. 안 묵을라면 말그라잉."

말순 씨는 예상을 뒤엎거나 기대를 저버리지 않았다. 앞으로 한 3일은 드라마 〈사랑과의 전쟁〉을 찍을 것이 분명했다. 다른 점이 있다면 피 터지게 싸우는 게 아니라 너무나 밋밋하고 나른하다 못해 끈적끈적하기까지 한 뜨거운 침묵. 잽싸게 라면 한 젓갈 떠 입에 쑤셔 넣고 방으로 피했다.

"나이 먹고 우길 걸 우겨야지."

10초 후 여지없이 쓰레기통에 라면 처박히는 소리가 들렸다.

다음 날 아침, 말순 씨가 화장실에 간 사이 쓰레기통을 열었다. 역시나 '너구리 순한 맛 봉지'가 계란 껍데기와 함께 있었다. 아, 이 아름다운 물증! 화장실에서 나온 말순 씨의 얼굴에 너구리 라면 봉지를 내밀며 단호한 어조로 한 자 한 자 또박또박 말했다.

"쫄·깃·쫄·깃 오·동·통·통 농·심·너·구·리~ 말순 씨, 너·구·리 한·마·리 몰·고 가·세·요~ 네?"

말순 씨는 아무 말도 하지 않고 방으로 들어갔다. 식탁에 차려 놓은 밥을 먹고 대문 밖을 나서며 다시 소리 질렀다.

"나 집 나갈 거야. 거짓말하는 사람과 더는 못 살아."

   점심시간, 커피 한 잔을 마시며 어젯밤과 오늘 아침 일에 일어난 일을 생각해 보니 웃음이 나왔다. 이리 먹으나 저리 먹으나 배에 들어가면 똑같은 것을. 남자 1호 일랑 씨 떠난 후 일을 핑계로 따듯한 말 한마디, 아니 따듯한 말투로 말한 적도 없지 않았던가. 어릴 적, 귀를 다쳐 보청기를 빼면 잘 안 들리는 말순 씨에게 새벽에 술 먹고 들어와 라면 투정을 하다니! 하물며 하루에 조금이라도 말순 씨와 대화하기 위해 일부러 술 마실 때도 밥 안 먹고 마신 후 집에 들어가 식사를 한다는 자기위안을 하면서 말이다. 퇴근할 때 말순 씨가 가장 좋아하는 찐 옥수수 두 봉지 사가지고 들어가야겠다.

말순 씨는 나를 남편으로 착각한다

꿈꾸는
숲속의
소녀

수많은 사연과 인생이 담긴 책장 옆에서
책을 읽다가 잠든 한 소녀.
이 소녀는 무슨 꿈을 꾸고 있는지
이 순간만큼은 참 편안 표정으로
잠들어 있습니다.
신밧드의 양탄자를 타고 하늘을 신나게
날아다니고 있을까요?
아빠하고 나하고 놀던 꽃밭에서 본
무지개다리를 건너고 있을까요?

소인국, 대인국에서 신나는 모험을
하고 있을까요?
아님 잠자는 숲속의 공주처럼 백마 탄
왕자님이 나타나 달콤한 키스를
해주고 있을까요?
세상에서 가장 행복한 장소에서
잠을 자고 있는 아름다운 소녀의 꿈속이
참 궁금합니다.
저 꿈꾸는 소녀는 분명 많은 사람들에게
행복을 주는 사람일 것입니다.

집에 오니 말순 씨가 거실 붙박이 책장 옆에서 자고 있었다. 나를
기다리며 책을 읽다가 잠깐 눈을 감고 있으려다가 깊은 잠이 든 것이
분명했다. 오늘도 생을 태우며 달린 말순 씨. 숨소리에서 하루의 고단
함이 묻어났지만 얼굴 표정만은 참 편안해 보였다. 꿈속에서나마 동화
처럼 따뜻한 곳에서 푹 쉬었다 오길….

말순 씨는 나를 남편으로 착각한다

세월의 무게에
몸집도 작아진 그녀.

하지만 마음은
그 누구보다
큰 거인입니다.

살과의
전쟁

말순 씨가 살과의 전쟁 선포를 했다. 병원 종합검진 결과를 보고 충격을 받은 것 같았다. 비만으로 인해 무릎까지 안 좋다는 결과가 나오자 무조건 저녁에 밥을 안 먹겠다고 선언한 것이다. 그 말을 듣고 웃을 수밖에 없었다. 처녀시절에도 다이어트해 본 적도 없거니와 평생 61키로의 글래머 몸매를 자랑하는 말순 씨가 다이어트를 한다는 건 내가 술과 담배를 동시에 끊겠다는 것과 마찬가지였기 때문이다.

"시대를 잘못 타고 났어. 그 정도 가슴이면 〈○○부인 바람났네〉 여주인공은 떼논 당상인데."

"○○부인이 뭣이여. 어렸을 때 젖만 잘 먹어놓고잉."

말순 씨는 쑥스러운지 엉뚱한 대답을 했다.

다음 날, 말순 씨가 정말 저녁식사를 안 했는지 궁금해 회식을 간단하게 한 후 집으로 돌아왔다. 혹시 몰래 음식을 먹은 건 없는 지 몇 번이고 추궁을 했지만 끝까지 부인했다. 난 믿을 수가 없었다. 간단하게 술상을 봐달라고 한 후 그 사이 몰래 말순 씨의 방에 들어가 보았다. 항상 TV 보면서 음식을 먹는 습관이 있어 빈 그릇이 방바닥에 나뒹굴어 다니기 일쑤였기 때문이다. 그릇은 없었다. 정말 아무것도 안 먹은 것일까? 하지만 단서를 하나 잡아냈다. 그릇은 치웠다고 해도 냄새는 어찌할 것인가. 약간의 기름 냄새가 났다. 말순 씨가 맞은편에 앉아 눈치를 살피기 시작했다.

"한 끼 안 먹었다고 얼굴이 수척해졌네?"

빈말로 슬쩍 떠보았다.

"정말 아무것도 안 먹었당께."

말순 씨는 시선을 피했다. 더욱 확신이 섰다.

"누가 뭐래. 근데 정말 안 먹었어?"

세 번을 물어도 대답은 같았지만 목소리는 점점 작아졌다.

"방에서 기름 냄새 나던데?"

순간 말순 씨의 표정이 일그러졌다. 이제 한 번만 더 물으면 실토할 것이 분명했다.

"정말? 실은 꽈배기 조금 먹었어야."

"몇 개?"

"두 개."

순수한 말순 씨. 연이은 추궁에 모든 것을 털어놓았다. 저녁식사 대신 먹은 음식은 꽈배기 두 개, 고구마 두 개, 옥수수 한 개였다. 분명 더 먹었으리라는 심증은 있었지만 여기까지만 묻기로 했다. 더 공격했다가는 오히려 역공을 당할 수도 있고, 어찌 됐든 밥은 안 먹었으니 거짓말을 한 것도 아니었다. 고개를 숙인 말순 씨의 모습이 예뻤다.

"그냥 저녁에 밥 먹어. 다 늙어 다이어트하면 병 나. 그냥 조금씩 운동해. 말순 씨 몸매 훌륭해. 글래머야."

꽈배기는
다이아몬드보다
세다

토요일 저녁, 침대에 누워 주말 드라마를 보고 있었다. 곧 주인공이 평생 숨기고 산 비밀이 밝혀지려는 순간 말순 씨가 들뜬 목소리로 나를 부르는 게 아닌가. 드라마광이 왜 이 시간에 드라마를 안 보고 부르는 걸까. 짜증 섞인 말투로 좀 있다가 나간다고 소리를 질렀지만 이내 방문이 열리더니 재차 빨리 나와 보라고 재촉을 했다. 하는 수 없이 팬티 차림으로 거실로 나갔다. 순간 내 눈을 의심했다. 마루에 술상이 떡 허니 차려져 있는 게 아닌가. 하루가 멀다 하고 술에 취에 들어오기에 집에서, 그것도 주말에 술 마시는 걸 끔찍이도 싫어하던 그녀였다.

"웬 술상?"

재차 물었지만 아무 말 없이 맞은편에 앉아 눈치만 보았다.

'소주 한 잔이 독이 든 성배처럼 느껴지는 건 왜일까?'

한 병쯤 마시자 약간의 취기가 올랐다.

"할 말 있으면 하지?"

잠시 뜸을 들이던 말순 씨가 조심스럽게 말문을 열었다.

"실은 내가 소원이 하나 있어야. 그것이… 참 모피코트 한 벌 사면 안 될까? 요새 TV 홈쇼핑 보니까 가격도 싸더구만…."

말순 씨는 부잣집 셋째 딸이었다. 옛날 외갓집 재력이었으면 모피코트 한 벌이 뭐 대수겠는가. 몇 벌도 가능했을 터였다. 하지만 외할머니께서 돌아가시면서 위로 세 명의 딸에겐 한 푼의 유산도 주지 않았고, 아래로 세 명의 외삼촌들에게 유산을 남긴데다가 사업을 하는 족족 망하는 남편을 두었었기에 말순 씨의 소원은 이루어질 수 없었다.

"나이 칠십 넘어 허리도 굽고, 그 키에 입으면 길 가는 사람들이 웃어."

"내 키가 어때서야?"

"수술할 때 키 잰 거 생각 안 나? 평상시에 말했던 키보다 7센티미터나 작았던 거. 또 본인 입으로 니 아버지가 이렇게 작은 여자를 사랑하지는 않았을 거라고 말했던 것 말이야."

"나이 먹어 키가 줄어 든 것이여."

말순 씨는 잔뜩 화난 표정을 지으며 한마디 퀙 내뱉더니 방으로 들어가 버렸다.

30분 후 말순 씨가 다시 거실에 나타났다. 이제 소주도 얼마 남지 않았다. 잠시 빈 소주병을 보더니 한 병을 더 가지고 왔다.

'이 무슨 상황인가? 이 참에 날 술로 보낼 생각인가?'

점점 더 강한 불안감이 몰려들었다.

"모피코트가 정 그러면 소원이 하나 더 있어야."

"뭐?"

"모피코트가 정 그러면 다이아 반지 작은 거 하나만…."

"세상에서 제일 촌스러운 게 뭔지 알아. 행색은 초라한 여자들이 주름 자글자글한 손에 반지 덕지덕지 끼고 예식장이나 모임에 나가는 거야."

말순 씨는 아무런 대꾸도 하지 않고 다시 방으로 들어가 버렸다.

그랬다. 내 기억 속에 반지를 낀 말순 씨의 손은 없었다. 오로지 고무장갑을 낀 손, 국자를 들고 있는 손, 밥주걱을 든 손, 빨래하는 손, 연탄집게를 든 손, 겨울에 터서 바셀린을 바르던 손, 손바닥으로 가려운 등을 문질러주기만 해도 시원했던 손, 세수를 시켜주던 손, 집 밖을 나가면 한시도 내 손을 놓지 않던 손만 기억 속에 존재했다.

잠시 후 방에서 나온 말순 씨가 어제 내가 사온 꽈배기 두 개를 접시에 담아들고 다시 맞은편에 앉았다. 꽈배기 한 개를 가위로 한 입 크기에 맞게 자르더니 빈속에 술만 먹지 말라며 건네고 나머지 꽈배기를 자르며 말했다.

"니가 사온 꽈배기는 참말로 맛있어야."

말순 씨가 방으로 들어간 후, 소주 뚜껑 꼬다리를 반지처럼 말아 손가락에 껴 보았다. 오늘 내 기억 속에 꽈배기를 든 말순 씨의 손이 담겼다. 살면서 얼마나 새로운 손을 내 기억 속에 담을 수 있을까?

월요일이 되면 은행에 가서 적금 하나 들어야겠다.

당신은 반지의 여왕.
　　당신의 손을 항상 깍지 끼고 다녀야 하는
이유입니다.

가슴이
비뚤어졌다

말순 씨의 육감적인 몸매를 처음 본 지도 40여 년이 되었다. 요새 대세인 S라인과 거리가 먼 O라인에 가까운 몸매였지만 확실한 포인트가 있었다. 이 세상에서 가장 신성한 음식을 만드는 곳! 그렇다. 생명수가 나오는 말순 씨의 가슴이다.

하지만 생명수의 유효기간이 지난 후에도 말순 씨의 가슴은 매일 몸매를 뽐냈다. 아침에 일어나자마자 한 번 뽐내고, 외출할 때 한 번 뽐내고, 집에 돌아와 한 번 뽐냈고 마지막으로 자기 전에 한 번 더 뽐냈다. 심지어 몇 년 동안 날 여자목욕탕에 데려가서 신비의 세계를 보여주지 않았던가. 한 가지 특이한 점은 대부분의 여자들 몸매가 늘어진

말순 씨는 나를 남편으로 착각한다

러닝셔츠를 입고 동네 평상에서 술을 마시는 아저씨들과 별반 다르지 않다는 것이었다. 한마디로 말순 씨 몸매는 군계일학이었다. 말순 씨의 몸매는 생명수의 원천으로서의 용도뿐만 아니라 한 가지 특이한 용도로 쓰였다.

남자 1호 일랑 씨가 사업을 맛있게 말아 드시자 말순 씨는 산업 역군이 되어 집안의 생업 최전방에 당당히 나섰다. 다섯 명 식구의 생명수를 얻기 위해 매일 이른 아침부터 출근했다. 주말에도 공휴일에도 출근했고, 목숨처럼 지키는 조상 제삿날에도 출근해 오전 근무를 마치고 집으로 귀가했다. 휴일은 오직 명절뿐이었다.

말순 씨가 출근한 지 한 달 정도 지나자 몸매에 변화가 왔다. 출근할 때는 평상시와 같았지만 퇴근할 때는 미세한 변화가 있었다. 퇴근 후 집에 오면 부엌으로 직행했고, 부엌에서 방으로 돌아오면 그 미세한 변화가 사라졌다. 몸매를 뽐낼 때 확인해 보았지만 변화는 없었다. 그건 오랜 경험으로부터 나온 체화된 시선만이 감지할 수 있는 변화였다.

말순 씨의 몸매에 변화가 시작된 날부터 간장 종지에 생전 먹어보지 못한 쇠고기 장조림이 밥상에 올라왔다. 딱 다섯 조각. 여자 1호와 2호는 아무런 투정도 없이 침묵으로 일관했고 장조림은 고스란히 내 입으로 들어왔다.

'이런 고기 맛이 있었다니.'

그다음 날에는 생전 처음 보는 고추장이 간장종지에 담겨 올라왔다. 잘게 다진 쇠고기가 들어간 볶음고추장이었다. 그다음 날에도 그다다음 날에도 눈곱만큼씩 새로운 반찬들이 밥상에 올라왔다.

며칠 후 학교 수업 마치고 집에서 두 골목 떨어진 2층 집 앞을 지나가는데 대문을 열고 말순 씨가 나왔다. 한 손에 쓰레기 봉지를 든 채. 나를 보더니 무척 당황해했다. 말순 씨는 눈빛으로 집에 빨리 가라는 신호를 보낸 후 다시 2층 집으로 들어갔고, 대문 닫히는 소리만 골목 안에 울려 퍼졌다. 그날 밤 퇴근하고 집으로 돌아온 말순 씨는 아무 말도 하지 않았다. 부엌을 몰래 들여다보니 말순 씨의 한쪽 가슴에서 검은 봉다리가 나왔다. 그날 저녁식탁에도 쇠고기 장조림이 올라왔고 난 아무 말 없이 입 안에 쑤셔 넣었다. 퇴근한 말순 씨의 몸에서 간장 냄새가 났다.

술 한잔 하고 집에 들어왔다. 인기척이 없었다. 말순 씨가 샤워를 했는지 하의만 걸친 채 목욕탕에서 나오다가 나와 눈이 마주쳤다. 순간 얼굴이 빨개진 말순 씨는 후다닥 방으로 들어갔다. 장난을 치고 싶은 충동에 방문을 열고 한마디 했다.

"다 늙어서 뭐 창피하다고."

"어서 나가야."

"시대를 잘못 만났네. 50년만 젊었어도 에로 영화 주인공은 떼논 당상일 텐데."

"에로가 뭐여?"

"설명하자면 길고 여하튼 요새는 가슴 큰 여자가 대세거든."

"썩을, 어릴 때 젖만 허천 나게 잘 처먹어놓고는."

방을 나오면서 말순 씨의 가슴을 살짝 찔러 보았다. 한데 옷 입은
몸매는 예전과 별 차이가 없었지만 촉감은 확실히 달랐다. 배꼽에 닿
을 정도 축 늘어진 가슴. 왠지 어릴 적 본 빈 검은 봉다리를 보는 것
같았다.

세월이 말순 씨의 몸매를 빈껍데기로 만든 걸까? 그 많던 생명수
는 다 어디로 간 것일까? 아님 체화된 시선을 오랜 세월 동안 다른 여
자의 몸매에 두었기 때문일까? 애써 잠을 자려 해도 오래된 기억들이
자꾸 파노라마처럼 지나갔다. 그래, 내일 옥수수 두 개, 꽈배기 세 개
사들고 집에 들어가야겠다. 영원히 마르지 않는 샘물 한 모금 마시고
싶은 밤이었다.

늙은
어린이날

오늘은 어린이날.

아침 8시, 잠에서 깨자마자 습관적으로 텔레비전을 켰다. 할아버지뻘 되는 노 가수가 고등학생들과 함께 일주일 동안 생활하는 프로그램이 재방영되고 있었다. 잠시 보는 둥 마는 둥 하는데, 그중 한 장면이 눈물샘을 자극했다. 노 가수가 피아노를 치며 노래를 부르자 아이들의 눈에 붉은 꽃이 하나 둘 피기 시작하더니 이내 눈물바다가 되었다. 아니나 다를까. 가슴속에서 말할 수 없는 감정이 요동치더니 아이들의 마지막 한마디에 폭발했다.

"○○○아, 고마워."

말순 씨는 나를 남편으로 착각한다

"소주 좀 줘."

말순 씨는 아무 말 없이 소주 한 병과 떡볶이를 해서 가지고 왔다. 스마트폰에서 노 가수의 노래를 찾아 틀었다. 다시 눈물이 쏟아졌다. 소주 한 병, 두 병이 모두 눈물로 나왔다. 말순 씨는 여전히 아무 말 없이 나만 쳐다보았다.

오후 6시, 목이 말라 눈을 떴다. 거실 소파였다. 언제부터 잔 것일까? 최신 전화목록을 보니 한 시에 대학 선배와 통화한 것으로 되어 있었다. 그에게 자존심마저 버리고 부탁한 내용, 아니 땡깡 부린 생각이 났다. 창피하고 괴로웠다. 술과 노래가 웬수였다. 하지만 한 잔 더 안 마시면 이 긴 밤을 자책에 시달릴 것 같아 드라마 삼매경에 빠진 말순 씨 몰래 소주 한 병과 열무김치를 꺼내왔다. 다시 오전에 듣던 음악을 틀었다. 아직도 눈물샘이 마르지 않았다. 깊은 한숨이 연이어 새어 나왔다. 드라마를 보던 말순 씨가 방에서 나왔다. 여전히 아무 말 없이 쳐다보기만 했다.

"오늘은 내 날이야. 늙은 어린이날."

"영어라 뭔 말인지 몰라도 슬프구만, 이 시기를 잘 넘기거라잉."

말순 씨는 예상했던 '또 술 처먹냐? 저 잡것이 오늘 무슨 귀신이 씌웠기에 밤낮으로 처마시는지 도통 모르것구만. 내가 니 땜시 못 살아야'라는 말과는 너무 다른 말을 차분한 어투로 말했다.

"엄니, 내 심장은 아직 7년차요."

내일은 "학교 다녀오겠습니다"라고 말하고 작업실로 향해야겠다.
You raise me up.

그랬다. 말순 씨가 내 뒤에서 말없이 받쳐주고 있기에 험난한 세상 속에서 헤엄칠 수 있었다. 혹 내가 물속에 빠져도 건져줄 사람도 그녀였고, 내가 쓰러져도 다시 일어날 용기를 주는 사람도 그녀였다. 아무리 힘들어도 말순 씨 앞에서 눈물을 흘리는 건 삼가야겠다. 한 번더 말순 씨의 가슴을 찢을 수는 없지 않는가. 겉으론 곧 아물겠지만 그상처는 평생 마음속에 남아 있을 테니까.

말순 씨는 나를 남편으로 착각한다

한라산은
오르는 게 아니라
마시는 것

며칠 전, 친한 형님께서 제주도에 다녀오신 후 한라산 소주 한 병을 선물로 주셨다. 어떤 선물보다 감동적이었다. 제주도에서 주구장창 마시던 한라산 소주를 서울에서 맛볼 수 있을 줄이야. 제주도에서 가장 좋았던 때가 언제냐는 질문을 받으면 가파도 청보리 밭에서 구름을 보며 한라산 소주를 마셨을 때라고 말할 정도로 한라산 소주를 좋아했다. 제주도에서 먹던 스타일로 포도 한 송이를 안주 삼아 한라산 소주를 반 잔씩 음미하며 마시고 있을 때 드라마를 보며 한바탕 욕을 바가지로 하던 말순 씨가 거실로 나왔다. 말순 씨가 거실로 나왔다는 것은 드라마가 끝난 것이고, 이제 술자리의 평온은 깨졌다는 의미했다.

"처음 보는 술인디?"

말순 씨는 초록색 병만 보다가 투명한 병이 신기한지 만지작거렸다. 하물며 이름마저 특이하게 한라산이니 그럴 만도 하겠다.

"한라산, 제주도 소주."

"한라산 올라가 봤냐?"

"한라산은 오르는 게 아니야. 마시는 거지."

말순 씨는 무슨 말도 안 되는 소리를 하냐는 듯이 눈을 흘기더니 꽃으로 눈길을 돌렸다. 하지만 내 말이 꼭 틀린 것만은 아니었다. 지난해 6월에 제주도에 한 달간 머물러 있는데 사진작가 친구가 한라산에 가지 않으면 서울 행 비행기 표를 끊어주지 않겠다는 반 협박을 하는 통에 어쩔 수 없이 한라산을 오를 수밖에 없었다. 내 핸드폰은 스마트폰이 아니었고 번호도 016이었으니까. 그래도 내심 한라산에 안 가겠다고 마음먹고 일부러 술을 왕창 마셨는데 다음 날 새벽에 날 깨우는 목소리가 들렸다.

"법사님, 한라산에 가게 일어나세용."

"엥?"

그랬다. 간밤에 게스트들과의 술자리에서 20대 초반의 여자 아해와 술김에 약속을 한 것이었다. 내 기억은 하얗게 지워졌으니 빼도 박도 못하는 상황이었다. 속이 안 좋아 물 한 잔 마시고 여자 아해와 남

동생 두 명이 걱정이 되었는지 동행했다.

한라산 중턱, 동생들이 내 배낭을 메고 사라졌다. 물도 없고, 다시 내려가자니 픽업하는 차는 반대편으로 오기로 되어 있고, 심지어 지갑도 없었다. 망연자실하고 있을 때 구세주가 등장했다. 금발의 서양 여자 세 명이 몸매가 드러나는 딱 달라붙은 옷을 입고 올라오고 있는 것이 아닌가. 순간 온몸에서 푸른 정기가 뿜어져 나오는 것 같았다. 무작정 일어나 그녀들의 뒤꽁무니를 쫓아갔다. 한 30분쯤 오르자 그녀들과 거리가 점점 벌어지더니 이내 사라졌다. 그 좌절감이란. 한 10분 정도 패잔병처럼 투벅투벅 오르는데 신이 날 도왔다. 세 명의 여신들이 앉아 쉬고 있는 것이 아닌가. 이건 신이 한라산을 정복하라고 하늘에서 선녀를 내려 보내주신 것이 분명했다. 이번이 마지막 기회라는 생각이 들었다. 여신들의 뒷모습을 보며 한참 오르니 마지막 대피소에서 동생들이 기다리고 있었다.

"역시 형님은 산에서도 여자랑 함께 오시는군요. 하하하."

"저 여신들은 내 생명의 은인이야. 저 엉덩이가 날 살렸어."

동생들은 40분 전에 도착해 사발면 사놓고 날 기다렸다. 하지만 난 물만 먹고 사발면은 먹지 못했다. 속이 울렁거리기도 했지만 여신들을 놓칠 수 없었다. 정상에 올라 백록담을 내려다보았다. 인증샷을 찍고 산 아래 쪽을 보았다. 욕이 나왔다. 내가 무슨 부귀영화를 누리겠다고 이 높은 곳까지 올라왔을까. 10분 후 뒤돌아봤을 때 백록담은 안개에 가려 보이지 않았다. 딱 10분 차이로 지금 올라온 사람은 백록담을 보지 못했다. 사람들이 말하기를 한라산에 여러 번 가도 백록담을 못 볼 확률이 높고, 제주 사람들 말로는 3대가 덕을 쌓아야 백록담을 볼 수 있다고 했다. 마음이 푸근해졌다. 아, 사람의 이 간사한 마음이여!

반대편으로 내려오며 최악의 사태가 발생했다. 한라산은 마시는 것이지 오르는 것이 아니라는 고정 관념이 생기게 된 사건이었다. 산을 반쯤 내려왔을 때 심하게 넘어진 것이다. 배낭도 동생이 메고 있어 그 냥 나무 계단 모서리에 허리를 찧고 말았다. 어찌나 넘어지는 소리가 크고 비명소리가 높았는지 동생들이 황급히 달려 왔다. 허리에 감각이 없었다. 금단현상은 끝을 달리고 살아서 내려갈 수 있을까 걱정이 되었다. 동생들의 부축을 받아 겨우 내려오자마자 난 슈퍼마켓 뒤로 돌아가 담배 세 대를 피우고 픽업 차를 탔다. 게스트하우스로 돌아가는 한 시간 동안 아무 말도 하지 않았다. 아니, 말할 힘이 없었다.

게스트하우스로 돌아와 허리에 파스를 붙이고 한 시간 동안 아무 말 없이 누워 있었다. 동생들이 식사하시라고 근심 어린 표정을 지으며 말했지만 대꾸도 하지 않았다. 자책감이랄까? 식사 후 동생들이 소근소근대며 술 마시기 시작했다. 내 눈치를 보는 것이었다. 방문을 열고 나가 동생에게 포도 한 송이와 한라산 소주를 가지고 오라고 부탁했다. 한라산 소주 세 잔을 연거푸 마시고 나니 조금 기분이 나아졌다. 한바탕 크게 웃고 동생들에게 말했다.

말순 씨는 나를 남편으로 착각한다

"얘들아, 한라산은 오르는 게 아니라 마시는 거야. 알았지?"

그제야 동생들도 환하게 웃으며 술자리를 이어갔다.

소주 한 병을 다 마실 즈음 맞은편에 앉아 있는 말순 씨가 다시 물었다.

"한라산에 올라가 봤냐고?"

"그때 말했잖아. 한라산에서 내려오다가 허리 다쳤다고. 근데 우리 조상 3대가 덕을 쌓았을까?"

"뭔 말이여."

"제주도 사람들이 말하기를 3대가 덕을 쌓아야 백록담을 볼 수 있대. 내가 보기엔 우리 조상들이 그럴 리가 없는데."

"니 말이 맞어야. 덕은 무슨. 그래도 니 할아버지가 제주도까지 가서 쌀 반 가마니 주고 니 이름 지어 왔잖여. 그래서 본 것인감?"

역시나 그 후 말순 씨의 조상 탓이 시작되었다. 난 아무 말 없이 술만 마셨다.

'중풍 걸린 니 할아버지 똥 5년 치웠고… 친척들 짧게는 1년, 몇 년씩 집에서 같이 사느라 한 달에 쌀이 한 가마씩 들었고… 사촌 고모, 당숙 모두 우리 집에서 결혼시키고 등등등.'

"그래서 니가 한라산에 올라갔다 와서 한라산 소주 마시고, 한라산 담배 피우는 것이여?"

"엥? 담배 값이 500원 싸, 길기도 하고. 하지만 맛없어."

순간적으로 경제관념이 살아난 말순 씨는 맛이 없다는 말은 귓등으로도 안 듣고 한마디 했다.

"그럼 낼부터 말보로 대신 한라산 담배 네 갑씩 사다놓는다잉."

내가 백록담을 볼 수 있었던 것은 다 말순 씨가 쌓은 수많은 덕 때문이 아닐까? 말순 씨야말로 이 집안이 여기까지 올 수 있도록 이 끌어준 여신이 아닐까?

말순 씨는 나를 남편으로 착각한다

신은

먼 곳에 있지 않습니다.

나만을 위해

이 땅에 오신

당신이 바로

내 옆에 있으니까요.

캔디가
울었다

맞은편에 앉은 말순 씨가 눈물을 흘렸다. 아무리 힘들어도 남들 앞에선 울지 않던 그녀가 울고 있었다. 심지어 남자 1호 일랑 씨가 하늘나라로 떠났을 때도 유일하게 울지 않던 사람이 아닌가.

거실 술상에 마주 앉아 집안사람들의 이야기를 했다. 어쩌다 보니 막내 작은 아버지와 막내 외삼촌이야기를 하게 되었다. 작은 아버지와 외삼촌은 동갑이고, 바로 옆집에 살았으며 학교도 같이 다녔다. 막내 외삼촌이 태어나자 말순 씨는 농사일에 바쁜 외할머니 대신 막내 외삼촌을 업어 키우느라 일주일에 반은 학교에 가지 못했다. 시집 간 시댁엔 초등학교 3학년인 막내 작은 아버지가 있었다. 친할머니는 일찍 돌아가셨고, 막내 작은 아버지를 장가 갈 때까지 데리고 살았다. 한마디로 엄마 같은 존재였다. 이 두 사람의 공통점이 있다면? 지금 두 늦둥이 작은 아버지와 외삼촌은 이 세상에 없다는 것이다. 한마디로 말순 씨는 아들 같은 두 사람을 먼저 하늘나라로 앞세운 셈이었다.

"불쌍한 것들! 나이 먹은 형, 누나들은 다 살아 있구만 막내들이 뭐가 그리 급해 세상을 이리도 빨리 떠났을까잉!"

난 아무 말도 없이 술만 마셨고, 말순 씨는 눈물을 훔쳤다.

"지금 이 고통의 순간을 견뎌내고 저 다리를 건너면 희망찬 내일이 기다리고 있을 거라고…."

그랬다. 그날 난 세상 모든 어머니의 마음을 보았고, 눈물이 왜 짤 수밖에 없는지 알 것 같았다.

하늘의 수많은 별들 중 제 별은
오직 하나뿐입니다.
그 별과 만남, 마음속에 보석 하나 떠오릅니다.

당신의 삶에 절망, 슬픔, 고통이란 단어만 남았을 때
하염없이 눈물을 흘리다가 그리움마저 말랐을 때
이제 모두 잃고 미친 일 하나만 남았을 때

등대가 되겠습니다.

오직 당신만이 볼 수 있는 별,
당신의 귀에 대고 조용히 속삭이겠습니다.

칼로
물 베기

아침 7시, 베란다 문을 조금 열어 놓고 담배 한 대 피우고 있는데 "니 어제 술 취했냐?"는 말순 씨의 날 선 목소리가 뒤통수를 할퀴었다. 뜬금없는 질문에 어젯밤 일을 잽싸게 스캔해보았지만 아무 기억이 없어 당당하게 "아니"라고 발뺌한 후 안도의 담배 한 모금을 길게 내뱉었다.

"니처럼 나쁜 놈은 처음 봤고, 니가 무슨 잘못을 해도 자식이니까 욕해 본 적이 없어야. 하지만 어젯밤 일을 겪고 보니까 천하에 썩을 놈은 바로 너여."

"왜?"

"시방 그것을 몰라 묻는 것이여 니가 어젯밤에…."

그랬다. 어젯밤에 말순 씨가 밤늦게 밥상을 차리다가 그릇을 떨어뜨려 깨졌었다. 그 모습을 보고 어떻게 어디 다친 데 없냐는 말은 안 하고 버럭 화를 낸 것이다. 가뜩이나 낮에 뒤 베란다에서 넘어져 엉덩이와 다리에 멍이 들었으니 화가 두 배로 날 수밖에. 할 말이 없었다. 역시 술이 웬수였다.

"그러니까 왜 할 일도 없는데 집 안을 왔다 갔다 하는 거야. 일 좀 만들어 하지 마."

적반하장인 줄 알았지만 끝까지 저항을 했다.

"내 성격 몰라? 그릇 아까워 그랬겠어? 만날 정신 딴 데 두고 일하다가 다친 적이 한두 번이야?"

다시 한 번 뚫린 입이라고 뻔뻔하게 저항했다.

"누나 불러 병원 가. 정말 내 마음 모르는 건 아니겠지?"

적반하장은 물론 뻔뻔하다 못해 신파조로 저항하다가 피식 웃고 말았다. 정말 오랜만에 웃는 내 얼굴을 보자 말순 씨도 웃고 말았다. 10분간의 전쟁은 웃음 폭탄 한 방으로 싱겁게 끝나버린 것이다. 여느 때처럼 말순 씨는 엘리베이터 문 닫힐 때까지 기다렸다가 웃으며 잘 다녀오란 말을 건넸다. 역시 쿨한 말순 씨였다.

엘리베이터 안에서 거울을 보니 눈가에 주름이 잡혀 있었다. 말순 씨의 얼굴에 비하면 새 발의 피도 안 되지만 말이다. 근 몇 년 동안

말순 씨는 나를 남편으로 착각한다

말순 씨를 속을 참 많이도 썩이지 않았던가. 말순 씨의 얼굴 주름은 막을 수 없겠지만 마음에 주름 잡히는 말과 행동은 삼가야겠다. 어찌 표현도 하지 않으면서 내 마음을 알아달라고 배려 없는 강요만 하겠는 가. 이젠 나도 말순 씨에게 시원하고 뭉친 곳을 풀어줄 파스 같은 존재 가 되어야겠다.

메트로
도난 사건

　밤 11시, 지인들과 간단하게 한잔하고 들어왔다. 말순 씨는 평상시처럼 잠을 자다가 나와 밥상을 차려준 후 내 방으로 갔다. 내 가방에서 무언가를 빼내기 위함이었다. 내가 앞에 있어도 자기 것인 양 가방을 너무나 자연스럽게 뒤졌다. 끝물 동치미로 속을 달래고 있는데, 말순 씨가 오더니 서슬 퍼런 목소리로 말했다.

　"누구 주고 왔냐잉?"

　"뭘?"

　"시방 몰라서 묻는겨?"

　밥을 먹다가 말고 방으로 가 가방 안을 보았다. 그것이 정말 없었다. 아침 출근길에 분명히 가방에 넣었는데 어디로 감쪽같이 사라진 것일까? 정말 난감했다. 잠시 후 말순 씨의 한마디가 가뜩이나 난감한 마음에 카운터펀치를 날렸다.

"넌 오늘 나의 하루 세 가지 즐거움 중 한 개를 날려버린 것이여. 그깟 정신을 가지고 어떻게 이 세상 살아가려고…."

말순 씨의 세 가지 즐거움. 첫째는 새벽 4시에 《천수경》을 큰소리로 외고, 찬불가 두 곡 부르는 것. 둘째는 낮에 찐 고구마, 찐 옥수수 각 두 개씩 폭풍 흡입하는 것. 마지막으로 밤늦게 귀가하는 나에게 밥상을 차려주고 잠이 올 때까지 자칭 세계 최고의 신문인 〈메트로〉를 정독하는 하는 것이다. 그러니까 세 번째 즐거움인 〈메트로〉 신문이 사라진 것이다. 〈메트로〉가 세계 최고의 신문인 이유는 너무나 간단했다. 일단 공짜였고, 요약이 되어 있어 빠른 시간에 많은 정보를 얻을 수 있다는 이유 때문이었다. 곰곰이 생각해 보았지만 〈메트로〉 신문이 어디로 사라졌는지 도무지 알 수가 없었다. 누가 가져갔을까? 뭔 돈이 된다고. 이건 필히 날 음해하려는 속셈이 분명했다. 내 지인들은 말순 씨가 〈메트로〉 신문 열혈 독자라는 것을 알고 있었다. 방으로 들어갈 때까지 단 한마디도 못했다. 완벽한 패배였다.

출근길, 무료 신문 배포대를 보는 순간 한숨이 절로 나왔다. 〈메트로〉 신문이 다 떨어지고 〈포커스〉 신문만 남아 있었다. 오늘밤이 걱정됐다. 이틀 연속 말순 씨의 즐거움을 빼앗은 놈이 된 것이다.

사랑은 진정한 완벽을 요구하는 것일까요?
삶이 얼마나 나를 사랑하기에
이런 시련을 줄까 생각하면 마음이 좀 편안해지겠지요.

보쌈가방

    어제 거실에서 술 한 잔하다가 술김에 내일 등산갈 거라고 말한 것이 화근이었다. 막상 아침에 일어나니 술도 덜 깨고 몸도 무거워 등산을 안 가려고 마음먹었는데, 거실에 나오니 등산 가방이 턱 하니 놓여 있는 게 아닌가. 베란다에서 담배를 피우며 북한산을 바라보았다. 저 산을 어찌 올라가야 할까? 마음이 무거웠다. 역시 술 마실 때 말조심해야 한다는 것을 새삼 느끼는 순간이었다.

    "등산 가는 거지? 도시락 싸마."

    "허리가 아픈데…."

    "그놈의 허리타령은. 서서히 올라갔다 와야!"

허리 핑계도 통하지 않는 걸 보니 입 다물고 산에 가는 수밖에. 아침식사를 간단하게 하고 등산갈 채비하는데 말순 씨가 산에서 먹을 도시락을 가지고 왔다. 그런데 조그만 가방이 아닌 한 달 정도 제주도에 갈 때 산 커다란 배낭을 가지고 온 게 아닌가. 더욱이 도시락을 보곤 입에서 저절로 '으악' 소리가 나왔다.

두 사람이 먹을 수 있는 큰 도시락에 담긴 김치볶음밥, 봉다리 커피 두 개, 사발면 두 개, 숟가락과 젓가락 두 개. 컵 두 개.

"나 혼자 가는데 왜 전부 두 개씩이야?

"혹 아는감? 산에서 누군가를 만나게 될지. 인연은 아무도 모르는 것이여."

말순 씨의 모든 생각은 깔때기였다. 어떤 다양한 주제도, 사건도 인연으로 좁혀져 결혼으로 종결되었다. 이 정도 강력한 의지를 표명하는 걸 보니 어쩔 수 없이 저것들을 다 짊어지고 산에 갈 수밖에.

젊은 여자는 산에 없었다. 화장을 덕지덕지한 아줌마 산악회, 아님 은퇴한 노인들만 막걸리 냄새를 풍길 뿐이었다. 산에 풀냄새, 나무 냄새, 맑은 공기를 마시고, 새소리, 바람소리 들으러 왔다가 싸구려 화장품 냄새, 막걸리 냄새, 아줌마들의 수다 그리고 노인들의 라디오 소리만 실컷 듣고 왔다. 인연은 무슨 얼어 죽을 인연. 재수 없는 놈은 곰을 잡아도 웅담이 없다더면 딱, 그 짝이었다. 사람들을 피해 도시락을

말순 씨는 나를 남편으로 착각한다

그녀의 희망을 보며

그녀의 마음을 백분의 일만 알면

세상에 못할 일이

하나도 없을 것 같다고

생각했습니다.

창문 열고, 마음의 문도

열어야 겠습니다.

까먹고, 커피도 혼자 마셨다. 동네 개도 둘이서 사랑을 나누고, 새들도, 하물며 잠자리도 사랑을 나누건만 인두겁을 쓰고 태어나 여자 뱃속에 아이 하나 못 심는 신세라니. 말순 씨의 이런 행동이 이해가 안 가는 것도 아니었다. 여하튼 내려갈 때도 올라올 때처럼 무거운 가방을 메고 내려가야 한다니 이거 참 미칠 노릇이었다. 무슨 지게꾼도 아니고 비우는 게 정말 힘들다는 생각이 들었다. 집에 돌아와 가방을 내려놓자 허리통증으로 인해 나도 모르게 신음 소리가 터져 나왔다.

"아이고 허리야. 여자 한 명 보쌈해 왔어. 투명인간."

"하나 남겨 왔구만. 괜찮아야 담에 또 싸줄 테니 그때 니 인연을 만날 줄 또 아는감?"

말순 씨의 눈동자엔 아직도 희망이란 글자가 사라지지 않았다.

'아 저 잠들지도 않는 희망이여!'

나에게
아내는
오지 않는다

난생처음 컴퓨터를 샀다. 그래 맞다. 우리 집엔 컴퓨터가 없었다. 작년에 친한 동생이 노트북을 사며 자신이 쓰던 컴퓨터를 주었지만 워낙 낡은 컴퓨터라 2개월 만에 고장이 났다. 여태 컴퓨터 없이 잘 살다가 구입한 이유가 뭐냐고? 별 특별한 이유는 없지만 '인간답게 살기 위해' 아파트로 이사 온 말순 씨의 마음과 똑같다고나 할까? 문득 '문명의 혜택'을 좀 받고 살아야겠다는 생각이 들었다. 곰곰이 생각해보니 내 주위에는 너무 오래된 것들만 즐비했다.

"다음 달에는 TV도 새로 살 거야. 15년 된 브라운관 TV는 더 이상 못 보겠어. 그리고 핸드폰도 스마트폰으로 바꿀 거야."

말순 씨는 나를 남편으로 착각한다

"조금만 기다려야 니가 결혼만 하면…."

"나에게 아내는 오지 않아! 나도 인간답게 살아볼 거야!"

결혼하면 신부가 혼수로 다 장만해 올 거니 딱 올해만 참으라는 말순 씨의 감언이설에 넘어가 원시인으로 산 지 15년이 되었다. 15년의 세월 동안 많은 것들이 부서지고 폭발해 사라졌다. 손목시계는 1순위로 고장이 났지만 그나마 핸드폰으로 대체할 수 있었다. 하지만 냉동 피자와 함께 전자레인지도 폭발했고, 세탁기도 온몸을 떨다가 작동이 멈췄고, 책장에 기대었다가 우지직 소리와 함께 책에 깔려 죽을 뻔했고, 식탁도 삐걱삐걱 비명을 지르며 가랑이를 찢고 운명을 달리했다. 하지만 말순 씨도 두 가지만큼은 생명이 다하자 단 1초의 머뭇거림도 없이 지갑을 들고 ○○마트로 쏜살같이 달려갔다. 냉장고와 자신의 방에 있는 TV. 상황이 이렇다 보니 더 이상 문명의 혜택을 미루다간 빠르게 변화하는 현대사회에 적응 못하는 원시인이 될 것 같아 1차적으로 노트북을 산 것이다.

나와 말순 씨는 나란히 서서 흐뭇한 미소를 지으며 노트북 설치를 하고 있는 큰 매형을 쳐다보고 있었다. 하지만 노트북 메이커를 보는 순간 궁금증이 생겼다. 한 번도 본 적이 없는 메이커였기 때문이었다.

"형님, 이 노트북 조립식이에요? 중국산인가요?"

이 말은 들은 큰 매형이 여자 1호에게 한마디 했다.

"내 말이 맞지. 얘 컴맹 정도가 아니라 원시인 수준일 거라고. 삼성과 도시바 아니면 절대 모를 거라고 했잖아."

"전자제품은 LG 것이 좋은디. 박 서방 이거 싸구려 아니여?"

말순 씨가 한마디 거들었다. 어제 여자 1호와 큰 매형 사이에 어떤 대화와 내기가 오갔는지는 모르지만 난 문명인이 된 것 같아 기분이 좋았다. 여자 1호 가족이 어처구니없다는 표정을 지으며 나와 말순 씨를 쳐다보았고, 우리는 의심스러운 시선으로 그들을 쳐다보았다. 어이없는 표정으로 우리를 보던 여자 1호가 드디어 입을 열었다.

"HP~."

말순 씨는 나를 남편으로 착각한다

꽃마차는
어디로

일본 나가사키 글로벌 공원 안
꽃마차 한 대가 서 있다.
문득, 말순 씨 생각!
저 꽃마차에 누굴 태우랴.
새 풀 옷 입은 봄처녀!
꽃마차를 탄 마음은 벌써 현해탄을 건너
말순 씨의 마음속으로
달려가고 있었다.

나무와 햇빛 사이.

길과 세월 사이.

나와 희망 사이

깎지 끼워 봅니다.

명절은
전쟁이다

명절날.

적군들과 7시간 공방전.

소대병력 적군들의 장가가라는 따발총.

그러려니 참호 속에 몸을 숨긴 나.

조카며느리가 해주는 차례음식을 먹고 싶다는 적군들의 포탄.

참호 속에서 부들부들 떠는 나.

집안의 대가 끊긴다는 적군들의 미사일.

참호 속에서 이를 가는 나.

그럼 베트남 여성이라도 데리고 오라는 적군들의 원자폭탄.

참호 속에서 눈 감고 명상하는 나.

혹 몸에 이상 있냐며 성정체성을 의심하는 적군들의 핵폭탄.

참호 속에서 쓰러져 게거품 무는 나.

"요샌 돈 없으면 장가도 못 가요잉. 통장에 2,000만 원씩 입금해 주시면 내가 책임지고 올해 안에 보내겠어야."

말순 씨 의무병이 날 구했다.

정전, 휴전?

적군들이 군말 없이 일제히 각자의 집으로 퇴각했다.

역시 핵폭탄보다 강한 건 돈 2,000만 원을 장착한 지랄탄이었군!

그랬다. 돈보다 강한 무기는 이 세상에 없었다. 그들은 말로 천 냥 빚을 갚는 게 아니라 천 냥 빚을 지는 말을 했다. 말이야 누군들 못하랴. 한 친척은 내 사진까지 몇 장 달라고 해서 우편으로 부쳐주었지만 말뿐 소식이 없었다. 그 후 집안 행사에서도 여전히 장가가란 말만 되풀이할 뿐이었다. 당사자의 마음을 헤아리지 못하는 한마디의 말이 얼마나 큰 상처를 주는지 그들은 알지 못하는 것일까? 남 이야기 같았던 명절 전쟁이 나에게도 시작된 것이다. 하지만 나에겐 적군을 이길 수 있는 강력한 무기가 생겼다. 바로 돈, 돈, 돈! 그리고 말순 씨.

세상에서
가장 따듯한
말 한마디

　　동네 친구들과 해 지는 줄도 모르고 정신없이 뛰놀았던 유년 시절. 전봇대의 가로등이 하나 둘 켜지고, 동네 아저씨들이 집으로 돌아오기 시작하면 엄마들의 목소리가 온 동네에 울려 퍼졌다. 좀 더 놀기 위해 애써 못 들은 척했지만 옆 집 친구 엄마가 나오고, 엄마들의 목소리에 힘이 들어가면 아쉬운 표정을 지으며 집으로 뛰어가곤 했다.

　　"정원아~~~ 밥 먹어야."

　　40년의 세월이 흐른 주말 저녁, 하루 종일 방에서 뒹굴고 있는데, 말순 씨의 목소리가 들려왔다. 이불을 머리끝까지 뒤집어쓰고 자는 척

했다. 서너 번 똑같은 멘트가 들려오더니 이윽고 방문이 열렸다.

"정원아~~~ 맛난 거 해났어야. 언능 밥 먹어야."

생선 비린내와 함께 말순 씨가 방으로 들어왔다.

"됐어. 그냥 잘 거야."

솔직히 배가 고팠지만 괜한 심술이 발동해 한 번 튕겼다.

"오매 이 잡것이 니가 겨울잠 자는 곰 새끼여. 하루 종일 먹지도 않고 잠만 자게."

대꾸가 없자 말순 씨가 한마디 내뱉었다.

"밥 먹으면 한 시간 뒤에 술상 차려 줄 것이여."

'이건 뭔가? 어릴 적 '약 먹으면 사탕 줄게' 레퍼토리가 아닌가. 여전히 말순 씨에겐 늙은 아이구나!'

식탁엔 김치찌개와 17가지 반찬이 차려져 있었다. 고등어자반만 빼고 그 찌개에 그 반찬이었다. 생선류를 좋아하는 말순 씨. 딱히 좋아하는 음식은 없지만 굳이 따지자면 육류를 선호하는 나.

그랬다. 몇 달 전, 집에 생선 냄새 배었다고 창문이란 창문은 모조리 열고, 독한 향을 피우는 등 난리 블루스를 추자 그 후로 생선을 굽지 않았다. 하물며 내가 쇠고기도 뜸하게 먹을뿐더러 고기를 구워도 말순 씨의 치아 상태는 씹을 수 없도록 약해져 있었다. 그러니 몇 달 만에 고등어자반을 손으로 발라내는 표정이 참 해맑을 수밖에.

말순 씨는 나를 남편으로 착각한다

살코기가 담긴 접시가 내 앞에 놓였고, 말순 씨 앞에는 꼬랑지 부분이 담긴 접시가 놓였다. 오랜만에 먹어 맛있기도 했지만 그나마 난 생선류에서 고등어자반만은 좋아했다. 고등어 살코기 다섯 조각에 밥 한 그릇을 후딱 먹어치우고 아직 3분의 2가 남은 접시를 말순 씨 앞에 놓아두며 말했다.

"역시 생선은 별루야. 이거 다 먹어."

말순 씨는 입을 씰룩거렸지만 게 눈 감추듯이 한 점도 남기지 않고 싹 먹어치웠다.

한 시간 후 말순 씨 목소리가 들려왔다. 곧바로 자리에서 일어나 거실로 나갔다. 역시나 LA갈비와 과일이 놓인 술상이 차려져 있었다. 술 한 잔을 마시며 곰곰이 생각해 보았다.

'식사하셨습니까?'

못 살던 시절에도, 지금도 어르신들의 인사말은 변함이 없었다. 무심코 흘려버렸던 이 한마디의 인사말엔 상대방의 안위를 걱정하는 따듯한 마음이 담겨 있었다. 하물며 난 40여 년 동안 얼마나 많은 저 인사말에 담긴 사랑을 받고 살아왔던가. 앞으로 저 따듯한 말을 얼마나 더 들을 수 있을까? 세상에서 가장 따듯한 말 한마디.

"정원아, 밥 먹어야."

세상에서

가장 따듯한 저 인사말을

얼마나 더

들을 수 있을까요?

진정한
위로

혼자 세상의 모든 걱정은 다하는 말순 씨. 함께 사는 게 육체적으로는 편할지 모르지만 정신적으로는 피곤해 죽을 지경이었다. 집에서 술을 마실 때도, 밥을 먹을 때도, 소파에 누워 책을 읽을 때도 옆에 앉아 걱정만 했다. 여자 1호와 2호 걱정, 손녀 걱정, 사촌동생 걱정, 친척 걱정, 6층 아이 걱정, 103동 아줌마 걱정, 경비아저씨 걱정, 일성 빌라 아줌마 걱정, 날씨 걱정, 심지어 드라마 속 주인공 걱정까지 잠시도 쉬지 않고 내 귀에 쓸어 담았다. 세상에 이런 휴머니스트가 또 어디에 있겠는가. 한마디로 인류의 모든 불쌍한 사람을 걱정하고 위로하는 마음은 노벨 평화상 감이었다.

주말, 말순 씨는 역시나 인류 평화론자답게 동네 걱정거리에 대해 20분째 이야기했고, 난 참다 참다 못해 폭발하고 말았다.

"주말엔 좀 쉬자고, 남 걱정 좀 말고. 피곤해 죽는 내 걱정은 안 돼? 데레사 수녀도 아니고, 정 그렇게 걱정되면 대통령에 출마해."

"니는 피도 눈물도 없는 놈이여."

"천만 원만 줘. 나 월세 얻어 나갈 거야. 더 이상은 같이 못 살아. 이쯤에서 갈라서!"

잠시 주춤해하는 눈빛이더니 이내 "먹고 죽을 돈도 없어야"라고 말하며 안방에 들어가 막장 드라마 악녀 주인공에게 화풀이를 해댔다. 아, 내 팔자여!

말순 씨는 누가 아프거나 걱정거리가 생기면 항상 그 사람의 말을 들어주고, 함께 있어 주었다. 그 사람이 누구를 욕하면 같이 욕을 해주었고, 누가 울면 함께 울어 주는 등 함께할 뿐 어떤 방법론을 들이밀거나 충고 같은 것은 하지 않았다. 진정한 위로의 방법을 잘 알고 있었다. 어찌 보면 곁에 있어 주는 것만으로 내 삶이 위로받고 있지 않은가. 천성이 따듯한 사람, 자기 자신을 먼저 사랑하고 위로하는 게 세상을 사랑하는 첫 단추임을….

한 시간 후 말순 씨가 방에서 나왔다.

"그래, 악녀에게 욕 한 바가지 하고 나니 속 좀 풀리셨습니까? 악녀도 아프면 걱정해 주실 거지요?"

만날
술이야

금요일 아침. 가위로 코털을 자르다가 찔려 코피가 철철 흘렀다.

금요일 낮. 저자와 만두전골에 각 한 병씩 마시고 나오다가 문틀에 머리를 찧어 멍들고 혹이 났다.

금요일 저녁, 홍대 클럽에서 노래를 듣고 지인이 운영하는 카페에서 맥주와 소주 한잔하고 새벽 2시에 택시를 탔다. 술 쬐끔(?) 마셨건만 택시기사에게 건넨 건 검정색 신용카드가 아닌 검정색 교보문고 카드였다. 택시 기사님의 황당한 표정을 보며 쥐구멍이라도 있으면 숨고 싶었다. 결국 현금으로 계산하고 집에 들어와 신용카드를 찾다가 못 찾고 혼자 먼 산을 보며 자책했다. 결국 카드 분실 신고. 이건 《수난 이

대》도 아니고 수난 3대였다.

토요일, 카드와 주민등록증 잃어버린 후유증을 애써 감추고 대학 동기 누나의 남편이 돌아가셔서 장례식장 갔다가 술 쬐끔(?) 마시고 밤 12시 귀가했다. 일요일 아침, 혹이 난 머리에 파스를 붙이고 텅 빈 가방과 지갑을 또 뒤지고 있는 내 모습을 애써 외면하면서 참고 있는 말순 씨.

월요일 출근 전, 드디어 말순 씨의 포문이 열렸다.

"월요일 아침부터 할 말은 아니다만 술 좀 작작 먹고 다녀라잉. 내 경험상으로 보면 월요일에 술 마시면 일주일 내내 술 마시게 돼야."

"평생 술 한 잔 안 마셔보곤 무슨 경험?"

"니 누나들 이제 나이 먹어 매형들과 침대 따로 쓴다고 혀. 그런데 비슷한 나이인 니는 이제 결혼해야 하는데 얼마나 몸이 힘들것냐."

"지금 그 말이 술 이야기와 뭔 연관이 있대? 그분들 힘들어서 각 침대 쓴대? 아닐걸!"

"긍께 술도 결혼도 체력이 있어야 한다는 말이여. 그래도 술 마실 것이여?"

그랬다. 술은 핑계였고, 역시나 결혼이야기가 최종 목표였다.

"오늘, 꼭, 술 이빠이 먹고 올 거야! 어차피 저질 체력이고, 술 마시면 더 결혼 못할 테니까."

"그래 둘 다 하지 말그라. 대신 주민등록증에 넣을 사진은 돈 주고 제대로 찍어라잉. 술에 쩐 땡중처럼 찍지 말고잉."

말순 씨는 결혼 안 하다는 말에 갑자기 꼬리를 내렸다.

"말순 씨, 내 결혼에 대한 집착을 끊으면 나도 하나 끊어 보지. 술 말고 담배!"

뚫린 입이라고 말은 당당하게 했지만, 허허 이거 참.

다행히도 좀 전에 택시기사가 정지된 카드와 주민등록증을 전해 주었고, 1만 원으로 퉁 쳤다. 하지만 이 저질 기억력과 체력 그리고 말순 씨에 대한 미안한 마음은 무엇으로 퉁 쳐야 할까?

희미해져 가는
시어머니의 꿈

친한 여동생이 카톡으로 근황을 전해 왔다.

"오빠, 나 요새 가난하다 못해 개털이야. 돈 좀 꿔야겠어."

내 코가 석 자인데 하소연하는 동생의 마음이야 오죽하랴 싶으면
서도 장난을 가장해 진심을 보냈다.

"무이자로 꿔줄게. 단 우리 집 족보에 이름 세 글자 새겨 넣는 조
건으로."

30분 후 답변이 왔다.

"오빠 나 그냥 가난하게 살래ㅜㅜㅜ."

퇴근 후 집에 돌아와 말순 씨에게 카톡 내용을 읽어주었다. 술 세

말순 씨는 나를 남편으로 착각한다

잔을 마시는 동안 아무 말이 없었다. 답답한 마음에 한마디 했다.

"전쟁, 마마, 호환 심지어 가난보다 우리 집 족보에 오르는 게 더 무서운 걸까?"

"그게 뭔 말이여?"

한 번도 비디오를 본 적 없는 말순 씨에게 이 문구는 어릴 적 못 먹고 살던 시절의 기억, 즉 현실적인 문제로 느껴졌을 것이다.

'아~~~ 어쩌란 말이냐. 이 아픈 마음을 전할 길이 없으니.'

소주 한 병을 다 마실 즈음 말순 씨가 웃으며 한마디 했다.

"족보에 이름을 금박으로 새겨 넣어 준다고 해야?"

말순 씨는 이 한마디를 거침없이 내뱉고 저녁 9시가 되자 방으로 들어갔다.

"젖 실컷 먹여 잘 키워 놨더만 웬 썩을 년이 뭔 말 하는겨. 백여시 같은 년. 지도 새끼 놔봐야 알제."

잠시 후, 말순 씨의 방에서 새벽에나 들리는 《천수경》 외는 소리가 들렸다. 때론 아무리 말순 씨라도 할 말과 하지 말아야 할 말이 있음을 깨달았다. 너무너무 많이 준비된 시어머니지만 이제는 천재지변이 일어나야만 시어머니가 될 수 있지 않겠는가?

'그녀는 가장 슬픈 말을 걸러내는 1944년산 필터를 가졌구나!'

가까운 사이일수록

상대방을 배려해야 합니다.

사랑하는 사람이 가장 큰 기쁨을

포기해야 할 때의 상심도

헤아려야겠습니다.

김밥꽃

"휴, 이젠 완전 늙었구먼!"

"제 정신이 아니여. 이런 정신이면 죽어야제."

"이 양반 살았으면 난리 났겠구먼."

주말 저녁, 서재에서 책 읽고 있는데, 말순 씨의 연이은 한숨 섞인 목소리가 들려왔다. 뭔 일일까? 특히 저 심한 자책은? 막연한 두려움이 밀려 왔다. 민머리이지만 오랜만에 머리카락이 빳빳하게 서는 느낌을 받았다.

10분 뒤, 평상시와 달리 쥐죽은 목소리로 밥 먹으라는 말순 씨의 목소리가 들려 왔다. 커다란 접시에 김밥이 놓여 있었다. 내가 입맛이 없어 끼니를 자주 거를 때 쓰는 말순 씨의 히든카드였다. 내가 음식점에서 산 김밥보다 집에서 만든 김밥을 좋아한다는 것을 말순 씨도 익히 알고 있었다. 쌈박한 맛은 없어도 계속 입에 집어넣게 만드는 묘한 매력이 있었다. 하지만 평상시와 달리 반찬을 내놓는 게 아닌가. 심지어 된장국과 김치찌개까지 내놓았다.

"웬 반찬, 콜라면 돼."

시장에 가서 장을 봐온 것까지는 아무런 문제가 없었다. 김밥 재료도 완벽하게 준비했다. 하지만 일사천리로 진행해 이제 김밥 쌀 일만 남았을 때 복병이 나타났던 것이다. 하루에 꼭 한 번씩 전화를 하시는 말순 씨의 큰언니 전화였다. 내가 옆에서 통화내용을 들어봐도 일 년 내내 똑같은 이야기만 주고받았다.

그렇다면 김밥과 전화통화는 무슨 연관성이 있을까? 한 40분 정도 통화하고 나니 저녁식사를 할 시간이 훌쩍 넘었던 것이다 급한 마음에 김밥을 말다가 사건이 터졌다. 처음엔 나도 무엇이 잘못되어 말순 씨가 자책을 하는지 눈치 채지를 못했다. 하지만 김밥을 하나 씹는 순간 이유를 알 수 있었다. 정말 김밥 맛이 너무 고소하기만 했다. 팥이 빠진 단팥빵이라고나 할까. 김밥에 단무지가 빠졌던 것이다. 그리고 알아채지 못했는데 스스로 두 가지 더 빠뜨리고 안 넣은 재료를 자백했다. 당근도 빠졌고, 김밥용 김을 사오고도 집에 있는 일반 김으로 김밥을 말았다고. 두 번째는 정말 말 안 했으면 알아채지 못했을 것이다.

결론은 김밥재료를 다 준비해놓고 단무지와 당근은 전화를 받으러 가느라 미처 나머지 재료가 있는 부엌 바닥에 옮겨 놓지 못하고, 전화통화를 마친 후에는 급한 마음에 당연히 재료가 다 있을 거라고 생각하고 부엌 바닥에 앉아 김밥을 만 것이었다.

김밥을 먹으며 말순 씨를 곁눈질로 흘깃 쳐다보았다. 별 큰일도 아닌데 고개를 숙이고 있었다. 마치 잘못을 저지르고 미리 겁먹은 아이처럼 말이다. 웃음이 나왔지만 애써 참으며 말순 씨에게 말했다.

"요새 화사한 봄꽃을 많이 봐 눈이 아팠는데 김밥꽃 색이 수수해 좋네. 기름 안 발라 느끼하지도 않고 마침 비도 오고 술안주 하기에 딱이네. 참, 김밥 하나 먹고, 단무지 한 입 먹고, 먹는 재미도 있네."

말순 씨의 표정이 조금 밝아졌다. 김밥 재료 한두 가지 빠진 게 무슨 큰 대수로운 일이랴. 뱃속에 들어가면 다 똑같은 것을. 입맛 없는 나를 위한 마음이 꽃보다 아름다울 뿐. 10분 후, 말순 씨는 조용히 일어나 드라마 나라로 떠났고, 김밥꽃 안주에 소주 한잔하는 따뜻한 주말 저녁이다.

시래기
갤러리

오래된 빌라에 60대 후반의 노모와 왕자가 아닌 한 늙은 아이가 함께 살고 있습니다. 이른 아침, 늙은 아이가 회사에 출근하면 그 집 거실과 서재는 동네 할머니들의 사랑방이 됩니다. 허름한 겉보기와 달리 집안에는 다양한 볼거리들이 있습니다. 늙은 아이가 잡지사 기자와 10년째 출판사 편집장을 하다 보니 많은 예술가들로부터 작품을 선물 받았나 봅니다. 서양화, 동양화, 서예 작품, 사진 작품들이 몇십 점, 조각, 외국 물품, 거기에 작은 서점을 방불케 하는 책이 있다 보니 새 작품이 들어올 때마다 작품 품평회가 열립니다. 제가 보기엔 집 가격보다 작품 가격이 더 나가지 않나 싶습니다.

말순 씨는 나를 남편으로 착각한다

대체로 품평회엔 70대 할머니들이 참석하지만 그 시대에 고등학교까지 나온 자칭, 타칭 엘리트라고 자부하시는 분들입니다. 그런데 좋은 작품은 누가 보아도 똑같나 봅니다. 집주인인 말순 씨께서 작가 소개를 하고, 작품 속 장소와 어떤 상황을 담았는지 그리고 빼놓지 않고 늙은 아이와의 관계를 간략하게 소개합니다.

"하얀 그리움."

"아련한 추억."

"그리움을 찾아 떠나는 동행."

"쓸쓸한 사랑"

참석한 네 분의 할머니들이 한마디씩 감상평을 합니다. 마지막으로 집주인이 한마디 합니다.

"두 번째 사랑이 온다면!"

한 편의 작품이 다섯 분의 할머니들을 50년 전 아리따운 처녀시절로 돌아가게 만들었나 봅니다. 이제 희미해져 가는 첫사랑이 그리운지 다섯 분의 감상평에는 '그리움'과 '사랑'이라는 단어가 들어가 있었습니다. 나이가 들어도 사랑 앞에서는 설레나 봅니다. 서로 쑥스러운지 웃으시는 다섯 분의 얼굴이 동백꽃처럼 붉습니다.

이 집의 늙은 아이가 양손에 비닐봉지를 들고 집에 들어옵니다. 퇴근 후 지인들과 술 한 잔 마셨는지 얼굴이 발그레 합니다. 집주인이

강한 햇볕에 푸른빛을 잃고
눈보라를 맞으며
말라 비틀어져 가지만
또 하나의 완전체를 이루어낸
시래기처럼 웃고, 울고,
견디며 살아낸 그녀들의 삶이
최고의 작품입니다.

비닐봉지에서 각종 과일주스와 과일을 꺼냅니다.

"몸에도 안 좋은 내 콜라 다 마시지 말고 할머니들이랑 주스 마셔."

늙은 아이가 투정하듯 말합니다.

집주인이 웃으며 저녁식사를 차립니다. 늙은 아이와 소녀 같은 집주인이 좋아하는 시래기국이 보글보글 끓고 있습니다.

그녀는
양말도둑

말순 씨와 헤어져야 할까? 더 이상 나에게 관심이 없는 것 같았다. 내게 대화를 하지 않는다며 투덜대기만 했지 뭐든 자기 맘대로 결정하고 통보만 했다. 내가 화를 내면 아버지 닮아 성격이 안 좋다는 둥 나나 되니까 너랑 살아주는 거라는 둥 투덜대기 일쑤였다.

하지만 더 이상 참을 수가 없었다. 며칠 전, 바지 옷감이 엉덩이 살에 닿는 촉감이 느껴져 화장실에 가서 바지를 벗고 보니 아니나 다를까 팬티에 총 맞은 것처럼 구멍이 뚫려 있었다. 보릿고개 시절도 아니고 팬티에 구멍이라니 어처구니가 없었다.

사장님의 호출을 받고 사장실에 가려고 일어서는데 며칠 전 얼굴이 붉어지는 촉감이 다시 느껴졌다. 회사는 2층짜리 단독주택이었다. 사무실(안방)로 들어가려면 신발을 벗고 슬리퍼를 신어야 했다. 혹시? 역시나였다! 양말 바닥에 구멍이 나 있었고, 발뒤꿈치는 낡은 검은색 스타킹처럼 끊어질 듯 말 듯 겨우 속살을 가리고 있었다. 양말 바닥이야 슬리퍼로 가릴 수 있다 쳐도 발뒤꿈치는 어쩌란 말이냐. 분노가 치밀어 올랐다. 거기에다 사장님한테 책 판매부진으로 인해 한 소리 들으니 분을 참을 길이 없었다.

이건 선전포고나 다름없었다. 일주일 사이에 두 번이나 선제공격을 한 것이었다. 가뜩이나 매일 저녁에 작가를 만나는 게 내 직업이 아니던가. 하물며 한 달 전, 친한 여동생의 부모님이 양말 공장을 하셔서 50여 켤레의 양말을 택배로 보내주었는데, 그 많은 양말은 어디로 가고 구멍 난 양말을 꺼내 놓은 것인가. 양말로 장사를 한 것일까? 아님 집에 도둑이 들어 양말 박스만 훔쳐 달아났단 말인가? 아무리 추측을 해 봐도 말순 씨를 이해할 수가 없었다.

회사 퇴근 후 한바탕 붙을 마음으로 술을 한 잔 한 잔 총알을 장전하듯 뱃속에 부었다. 낮부터 열이 받아서 그런지 얼굴은 금세 불타는 고구마가 됐고, 취기도 오를 만큼 올랐다. 현관문 닫히는 소리가 들리자 잠자던 말순 씨가 방에서 나왔다. 내 얼굴 표정이 심상치 않은 것을 느꼈는지 평상시보다 조심스럽게 말을 건넸고, 말도 안 했는데 술상을 차려 왔다. 기회는 이때다 싶어 바지 주머니에 넣어두었던 구멍 난 양말을 꺼내 보이며 한마디 했다.

"이제 더 이상 같이 못 살아. 헤어져."

구멍 난 양말을 보더니 당혹스러움을 감추지 못한 말순 씨는 말
끝을 흐렸다.

"빨아 놓은 김에 한 번만 더 신고 버리려고 했구먼."

"며칠 전엔 구멍 난 빤스를 주더니, 이젠 양말! 그 많은 양말은 어
디로 빼돌린 거야?"

"미안해야. 빤스는 니가 누구 보여줄 여자도 없으니 한 번만 입고
버리려고 했고, 양말은 할 말이 없구먼. 하지만…."

결국 빤스도 여자와 직결되는 문제였던 것이다. 뭐든 불리하면
여자와 결부해 결론을 내리는 전형적인 말순 씨표 깔때기 식 대처법
이었다.

단지 난 구멍 난 내 인생이 싫었을 뿐이었다. 오죽 했으면 인생 떡
된 것 같아 떡도, 죽 쓰고 있는 인생이 싫어 죽도 안 먹겠는가.

"난 관심이 필요해!"

"그럼 언능 장가를 가야?"

전쟁은 일촉즉발의 위기 상황에서 멈추었지만 말순 씨와의 끝나
지 않은 전쟁과 소리 없는 총성은 아직 진행 중이다. 1944년생 말순 씨
를 양말 횡령 주범으로 고발합니다.

말순 씨는 나를 남편으로 착각한다

중독은
그리움을
낳는다

얼마 전부터 동거녀 말순 씨 입에서 "속이 쓰리다"는 말이 자주 나왔다. 약간의 고질병이기는 했지만 몇 년 동안 사라졌던 말들이 다시 터져 나오기 시작한 것이다. 고혈압약, 허리약이 먹는 약의 전부인데 한 가지가 늘어난 것이다. 바로 위장약.

"술을 마시는 것도 아니고 왜 만날 속이 아픈 거야. 혹시?"

"혹시, 뭐? 아무것도 안 했당께."

말순 씨는 아무 뜻 없이 넘겨 집는 말을 했을 뿐인데 정색을 했다. 뭔가 냄새가 슬슬 풍겼다. 말순 씨가 황급히 방으로 들어가자 소파에 누워 곰곰 생각해보다가 문득 한 가지가 떠올랐다.

'심증만으론 안 되지. 물증을 확보해야 해. 그래야 무조건 우기는 그녀의 성격과 맞설 수 있지. 암, 그렇고말고.'

두 시간 후면 말순 씨는 어김없이 운동을 핑계 삼아 동네 할머니들과 수다 떨러 나갈테고, 그 때 행동을 취하기로 마음먹고 태연하게 책을 보았다. 역시 말순 씨는 알람 시계였다. 오후 두 시가 되자 평상시처럼 의기양양하게 배낭을 메고 나갔다. 냉장고를 열었다. 20여 개의 반찬 뚜껑을 하나하나 다 열어 보았다. 냉동실도 뒤졌다. 조미료와 인스턴트 음식물이 들어있는 싱크대 윗칸, 뒤 베란다, 즉 말순 씨의 곳간도 뒤지고, 항아리, 보일러실도 열어보았지만 없었다. 식탁에 앉아 부엌 쪽을 보는데 한 가지 특이한 점을 발견했다. 언젠가부터 라면 냄비가 가스레인지 옆에 놓여 있었다. 예전에는 싱크대 밑 칸에 넣어두었는데 말이다. 싱크대 밑 칸을 하나씩 열어보았다. 냄비, 프라이팬이 가득할 뿐이었다. 문을 닫으려다 냄비를 하나씩 꺼냈다. 드디어 찾았다. 큰 냄비 뒤에 시커먼 국물이 담긴 큰 병이 눈에 들어왔다.

"그럼 그렇지 딱 걸렸어!"

세 시간 후, 어김없이 말순 씨가 돌아왔다. 오늘은 내가 직접 술상을 봐와 한잔하기 시작했다. 한 반 병쯤 마실 동안 말순 씨는 마룻바닥을 닦거나 나물을 다듬는 등 내 주위를 맴돌며 눈치를 살폈다.

"봤어!"

확신에 찬 목소리로 안도현 시인의 〈스며드는 것〉이라는 시를 읊

말순 씨는 나를 남편으로 착각한다

었지만 말순 씨는 애써 못들은 척했다.

"꽃게가 간장 속에 반쯤 몸을 담그고 있다. 등판에 간장이 울컥울컥 쏟아질 때…. 봤다니깐. 싱크대 아래 칸 큰 냄비 뒤 검은 물이 게를 품고 있는 거."

그때서야 말순 씨는 체념한 듯 고개를 돌리더니 이내 단호하게 한마디 내뱉었다.

"나도 봤어야. 니 가방 속 필통에 몰래 숨겨둔 담배 두 개."

'결판 보긴 글렀군!'

2년 전 우린 몸에 해로운 것을 끊기로 했었다. 평생 간장게장과 젓갈을 사랑한 말순 씨는 어느 날 속이 쓰려 병원에 갔더니 의사로부터 짠 음식 먹으면 안 된다는 청천벽력 같은 말을 들었다. 특히 간장게장과 젓갈은 안 된다고 말이다. 나는 가슴이 답답해 병원에 갔더니 의사로부터 그 나이쯤부터는 담배를 끊는 게 좋다고. 담배를 피우는 사람이 협심증, 역류성 식도염 등에 걸릴 확률이 높다는 말을 들었다. 어느 날 술 마시고 들어와 그녀에게 말했다.

"담배 끊을 테니, 젓갈 끊어."

결론적으로 우리는 '젓갈 몰래 먹는 여자, 담배 몰래 피는 남자'가 된 것이다. 술을 다 마시고 거실로 나온 말순 씨에게 한마디 했다. "중독은 그리움을 낳는다"고.

겨울잠 자는
곰탱이

금요일 저녁부터 이틀 동안 하루 평균 16시간씩 잠을 잤다. 밤에
일어나 소주 한 잔하고 다시 꿈나라로 가는 걸 반복했다.

"니가 곰 새끼냐 겨울잠 자게!"

말순 씨는 방문 앞에서 소리를 버럭 지르더니 이내 깔때기 식 멘
트로 매조질 했다.

"저 미련이 곰탱이 같은 놈. 회사일 하는 것처럼 연애했으면 벌써
장가갔어."

그 말에 발끈해 일어나 한마디 내뱉고 다시 꿈나라로 떠났다.

"나 같으면 그런 말 할 시간에 우루사 한 알이라도 사다주겠다."

말순 씨는 나를 남편으로 착각한다

사랑은 무슨 색일까요?
흰 도화지에 그림을 그리듯

인생을
그려 나가 보는 건
어떨까요?

그리고 내가 곰 새끼면⋯"

월요일 아침, 반쯤 뜬 눈으로 담배 한 대 물고 베란다로 나가니 온 세상이 하얗다.

"언제 이렇게 눈이 많이 왔대?"

"니 겨울잠 자는 동안에 왔구만."

"눈이 와서 그런지 오늘 따라 백설공주처럼 예뻐 보이네."

겨울잠을 잔 게 맞았다. 어설프게 잔 겨울잠, 몸은 여전히 곰처럼 무거웠다. 말순 씨의 말대로 회사 일처럼 열심히 연애를 했으면 유명 여배우인들 못 잡았겠는가. 10여 년 일만 하다 보니 인간관계도, 삶도 저 흰 눈 내린 풍경처럼 백지장이 되었다. 인간관계는 다시 노력해 회복하면 되지만 지워져 버린 세월은 어찌 다시 그리고, 그 세월 동안 까맣게 타버린 말순 씨의 마음은 무엇으로 채색할 것인가?

그래, 열심히 살았지만 지난했던 과거는 묻어두고, 앞으로 30년의 세월 동안 흰색 사랑으로 백설공주 살고 있는 '즐거운 우리 집'을 그려 보는 건 어떨까?

말순 씨는 나를 남편으로 착각한다

술주정

　　새벽 2시. 밤 12시면 저질체력으로 인해 집으로 사라지는 '신데렐라 최'인데 오늘은 새벽 한 시까지 술을 마시고 집에 들어왔다. 어김없이 '잠자는 숲속의 말순 씨'는 내 몸뚱이에 살을 덕지덕지 붙이기 위해 눈곱을 떼며 파자마차림으로 나왔다. 순간 울컥 서글픔이 치밀어 올랐다.

　　"내게도 크라잉 룸이 필요해."

　　"뭐시라고?"

　　보청기를 빼고 있던 말순 씨가 인상을 찌푸리며 말했다.

　　"우는 방."

"뭘 빵? 냉장고에 식빵하고 단팥빵 사다 놨어야."

"에잇, 빵 말고 혼자 울고 싶을 때 들어가 우는 나만의 방."

"무슨 청승 났다고 남자가 눈물은. 아무 방에나 가 울어야."

"남자도 눈물 흘리고 싶을 때가 있단 말야."

"참아야."

"정말? 또! 언제까지?"

"아님 니한테 시집 올 여자에게 크~~ 뭐시기 빵 만들어 달라고 해야."

"빵이 아니라 방이라니까. 글구 나에겐 아내 따윈 오지 않아."

"그럼 지금까지 참았으니 그냥 참아야. 그래도 못 참겠으면 결혼하고."

"그럴까?!"

순간 맘이 흔들렸다. 서재에서 장사익의 노래 듣고 있는데 말순 씨가 빵과 소주 반 병, 그리고 동치미 사발을 내 앞에 놔두고 방으로 들어갔다.

"딱 한 명만 오면 다 끝나는겨, 먹고 자그라잉."

지인들과 술을 마시는데 오늘따라 아내와 자녀에 대한 이야기를 많이 했다. 한참을 이야기를 하는데 난 할 말이 없었다. 곰곰 내 삶을 돌아보니 없는 게 너무 많았다. 아내도, 자녀도, 애인도, 직장도, 돈도,

명예도, 싸가지도, 심지어 머리카락도 없었다. 온통 없는 것 투성이었다. 서글펐고 울고 싶었다.

술집에서는 그렇게 모든 게 없다고 생각했는데. 현관문을 열고 들어서는데 이 새벽에 잠자다 말고 마중을 나오는 말순 씨를 보니 고마움을 넘어 왠지 모를 투정이 솟구쳤다. 나에게도 있는 게 한 가지 있었다. 40여 년 한결같은 마음으로 나를 지켜주는 딱 한 사람, 바로 말순 씨.

나에게 없는 열 가지보다
나에게 있는 단 한 가지가
얼마나 소중한지 느끼는
하루입니다.

나의 영원한 크라잉 룸은
당신의 품입니다.

말순 씨
코는 못 속여

밤 11시, 술 한잔 마시고 집에 왔다.

"아따 썩을 놈이 나이 먹은께 이젠 몸에서 꼬랑내가 다 나네잉!"

"헉~ 홍어 먹었어! 알지도 못하면서 그런 말 할 거면 헤어져! 늙은 아이에게도 자존심은 있어."

다음 날 낮 12시, 우리 회사에서 책을 출판할 작가하고 만두전골에 낮술 한잔했다. 2시 30분에 헤어져 집에 기어들어오니 3시. 낮부터 취한 날 본 말순 씨가 한마디 했다.

"어젠 꼬랑내, 오늘은 술 냄새, 웬수가 따로 없구만."

"사는 게 진흙탕이야. 누군 그 물에 발 담그고 싶겠어?"

10분 후 말순 씨가 술상을 차려 왔다. 아무 말 없었다. 딱, 그 마음이었다.

이러지도 저러지도 못할 때
마흔 살이 되었습니다.
청춘은 조금씩 떠나가고,
꿈도 조금씩 멀리 떠나갑니다.
그래도, 버틸 수 있는 건
오직 그녀 덕분입니다.

말순 씨는 나를 남편으로 착각한다

술 먹은
내 마음속 한마디는
옹알이

눈이,
마음이 기억하는
10년 동안의 빈 시간, 그리고 빈자리!
그 사람, 그 시간
여전히 이기적이야!
끝없는, 잠들지 않는
그리움과 외로움
온통 이기적이야!

"술 잘 처먹고 웬 옹알이냐. 니가 더 이기적이여. 언능 자. 다 잊고."

술 먹고 마루에서 옹알이 하는 날 본 말순 씨가 한마디 했다.

말순 씨에게 나를 떠난 여자는 천하의 죽일 년이었고, 그 죽일 년을 잊지 못하고 술주정하는 내 푸념은 옹알이였다. 나는 한 여자의 눈물에 가슴 아파했고, 그런 내 모습을 보는 말순 씨는 속으로 울었을 것이다. 나이가 어리든 많이 먹었든 이기적인 사랑의 눈물은 내 가슴을 아프게 했다.

오늘 밤은 40여 년 전으로 돌아가 말순 씨의 품에서 실컷 옹알이나 해야 할까?

말순 씨는 나를 남편으로 착각한다

누가 내 그리움과 놀아줄까?
무슨 말을 하든 들어주는 단 한 사람.

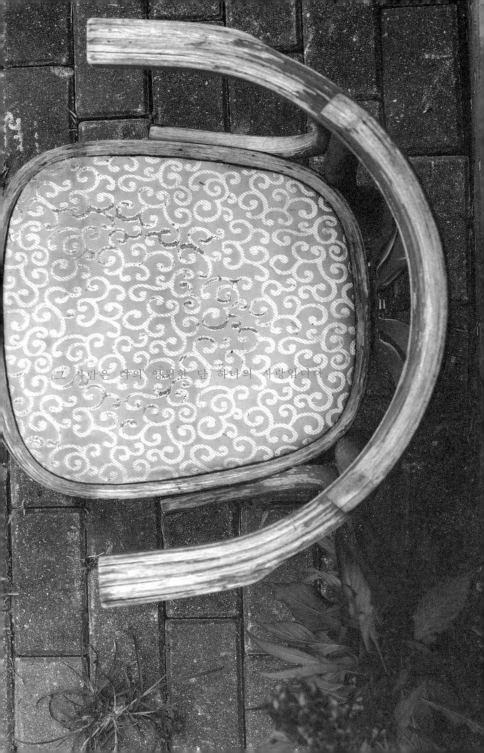

그 사람은 나의 영원한 단 하나의 사랑입니다

몰라,
알 수가
없어

말순 씨가 병원에 입원했다. 평생 고질병이던 귀가 말썽을 부려 대학 병원에 검사를 하러 갔는데, 의사가 검사로는 종양이 악성인지 아닌지는 알 수 없고 일단 수술을 해봐야 안다고 말했다. 심각했다. 악성인 경우엔 뇌까지 번져 생명까지 위험해질 수 있다고 했다.

수술하는 날, 나 혼자 침대를 밀고 수술실로 갔다. 말순 씨가 잠시 수술실 문 앞에서 푸념조로 한마디 했다.

"정작 내가 수술할 때는 곁에 하등 도움도 안 되는 놈만 있구먼. 내가 나올 때까지 한 발짝도 움직이지 말고 꼭 여기서 지키고 있어야."

가족은 물론 친척들의 수술실에는 항상 말순 씨가 있었다. 그들도 누구보다 말순 씨에게 의지했다. 하지만 정작 자신이 수술하는 날에는 딱 한 명, 그것도 쓰잘데기 없는 나 한 명만 있는 게 한탄스러웠을까? 당당하던 목소리는 어디로 가고 그리도 풀죽은 목소리로 말하는지… 친척들에게는 알리지 말라는 말순 씨의 협박도 있었고, 여자 1호는 남편이 전라남도 지사에 파견되어 광주에 살 뿐만 아니라 두 어린 자녀 때문에 오지 못했고, 여자 2호는 직장에 출근했다. 말순 씨의 곁엔 오직 한 명뿐이었다.

답답하고 열 받는 건 나도 매한가지였다. 혹 잘못되는 날엔 그 감당을 어떻게 할 것인가? 한편으론 가뜩이나 불안해 죽겠는데 쓸모없는 놈 취급을 당하니 은근히 화가 치밀어 올랐다. 그리고 4시간 동안 담배를 못 피우고 수술실을 지켜야 한다니 한라산 등정 이후 최고의 금단 현상에 시달릴 게 분명했다.

책을 봐도 시간이 더디게 흘렀다. 불안한 마음은 시간이 지날수록 더 커져 갔다. 수술실 앞을 지키고 있는 다른 사람들의 표정도 마찬가지였다. 이런 참담한 상황은 남자 1호 일랑 씨 장례를 치를 때 이후 처음이었다. 만약 말순 씨가 잘못 되는 날이면… 그 빈자리는 어떻게 채운단 말인가? 온갖 암담한 상황만 머릿속에 가득했다.

한 시간 반 후 수술실 문이 열리더니 의사가 격앙된 목소리로 배

말순 씨는 나를 남편으로 착각한다

말순 씨 보호자를 부르는 게 아닌가. 수술은 네 시간 걸린다고 했는데, 순간 눈앞이 깜깜해졌고, 이 상황이 뭔지 알 수 없어 숨이 멎는 듯했다. 하지만 잠시 후 의사의 말을 듣고 안도의 한숨을 내쉬었다. 막상 열어보니 보니 악성도 아니고 종양도 작아 수술이 빨리 끝났다는 것이다. 조금 있으면 회복실에서 나올 거라는 말을 건네고 사라졌다. 십년감수했다. 하지만 내심 괘씸했다. 조용히 부르면 될 것을 격양된 목소리로 사람 간 떨어지게 만들다니! 여하튼 태어나 슬픈 예감이 처음으로 틀린 날이었다.

말순 씨가 회복실에서 나왔다. 오만가지 인상은 다 쓰면서 말이다. 침대를 밀고 병실로 가는데 말순 씨가 한마디 했다.

"침대 흔들리지 않게 밀어야. 시방 어지러워 죽것단 말이여. 썩을 놈이 제대로 하는 게 한 가지도 없구만."

솔직히 난 침대에 손만 올려놓고 있을 뿐이었다. 억울했지만 말순 씨의 얼굴을 보는 순간 웃음이 터져 나오는 것을 겨우 참았다. 양쪽 귀에 귀마개를 쓴 것처럼 붕대를 쓰고 있는 모습이 너무 웃겼기 때문이었다. 병실에 와서도 말순 씨의 모습이 누군가를 닮았는데 도무지 기억이 나지 않았다.

다음 날. 병실에 가니 말순 씨는 어제의 표정과는 달리 웃으면서 점심을 먹고 있었다. 그 모습이 너무 행복해 보이는 건 왜일까? 밥이 너무 맛있고 편하다고 했다. 하루 지나니 어지러운 증세도 사라졌고,

내일부터는 간병인도 필요없다고 했다.

여자 1호와 여자 2호 그리고 손자, 손녀가 드디어 나타났다. 쓸모 있는 사람들이 나타난 것이다. 말순 씨 본 여자 1호의 딸과 여자 2호의 딸이 서로 얼굴을 마주보며 크게 웃었다.

"엄마, 할머니 왜 귀마개 쓰고 있어. 귀여워. 꼭 가수 엄정화 같아."

드디어 궁금증이 풀렸다. 귀마개를 쓰고 "몰라 알 수가 없어. 그렇게 나를 사랑해줬는지…"를 불렀던 가수 엄정화와 똑같았다. 말순 씨는 웃는 우리가 못마땅했는지 곁눈질로 흘겨보았다. 30분 후 우리는 병원에서 쫓겨났다. 혼자 있는 게 편하다며 퇴원하는 날에만 오라고 했다. 다음 날 혹시나 하는 마음에 여자 1, 2호 함께 높은 언덕을 땀 삘삘 흘리며 병문안을 갔다가 역시나 10분 만에 쫓겨났다. 한 번 뱉은 말이나 마음먹은 일은 꼭 하는 고집 센 여인네가 아닌가. 병원에서 나오며 잠시 말순 씨의 성격을 망각한 걸 후회한들 무슨 소용이 있겠는가.

이틀 후 오후에 말순 씨에게서 전화가 왔다. 별일이었다. 집 나가면 서로 전화를 하지 않는 게 우리 사이의 불문율이었기 때문이었다. 내일 지방 출장을 가야 한다고 말하니 짐을 챙겨 오라고 했다. 병실에 가니 말순 씨가 없었다. 옆 침대 환자 분에게 물어보니 마실 나갔다고 했다. 병원에서 마실이라니 그녀다웠다. 한 시간 후 말순 씨가 돌아왔다. 어디에 다녀왔냐고 묻자 옆 병실도 아닌 암 병동에 마실 갔다고 했다. 그것도 아는 지인도 아닌 병원에서 처음 만난 사람이라고. 휴~ 안

봐도 눈에 훤했다. 동네나 병원이나 말순 씨의 사교성에 혀를 내두를
수밖에.

"왜, 하등 쓰잘데기는 놈이라더니? 글구 혼자 있는 게 편하다더니
왜 불러."

"오늘은 내 옆에 자고 가야."

그랬다. 평생을 한 집에서 같이 살다가 혼자 자는 게 어색하고 외
로웠던 것이다. 자식들 불편하게 자는 게 싫어 혼자 있는 게 편하다고
말한 게 분명했다. 아픈 와중에도 속으로 참고 가족을 배려했던 것이
다. 하지만 나에게도 말순 씨에게도 채워지지 않는 빈자리가 있었다.

그날, 간이침대에 누워 있다가 여러 번 병실에서 쫓겨났다. 주사
놓을 때, 환자 옷 갈아입힐 때, 상처 소독할 때 등등. 여기는 여자 전용
병실이었다. 그리고 난 역시 하등 쓰잘데기 없는 놈이었다.

그 무엇으로도 채워지지 않
는 빈자리가 있습니다. 밥
을 매일 먹었는데, 왜 오늘
밥상머리 앞 그게 먹는 둥
마다. 서로에게 중독되었
나 봅니다. 행복한 중독!

3부

당신이 있어
삶이 향기롭다

우리 집엔
선녀가 산다

"너 땜시 새벽부터 두 번씩이나 목욕 했어야."

아침 7시, 얼굴이 벌겋게 달아오른 말순 씨가 말했다.

말순 씨를 물끄러미 쳐다보았다. 아침부터 황당한 멘트는 무엇인가? 대꾸도 하지 않고 팬티 한 장만 걸친 채 목욕탕으로 갔다. 여느 때처럼 목욕탕엔 말순 씨가 준비해놓은 뜨거운 물이 담긴 두 개의 연두색 큰 대야에서 김이 모락모락 나고 바가지가 동동 떠다니고 있었다.

단독주택과 한옥에서 살다보니 샤워기로 목욕하는 것보다 목욕탕 의자에 앉아 바가지로 물을 떠 목욕하는 게 익숙했다. 뚜껑 닫힌 변기 위에 거울과 3중날 면도기가 놓여 있었다. 중이 자기 머리 못 깎는다는 말을 비웃듯이 15년 베테랑답게 능수능란 손놀림으로 뒷머리까지 깨끗하게 면도를 했다. 파리도 낙상할 정도로 반짝반짝 빛나는 머리를 보자 기분이 좋아졌다.

목욕을 하다가 좀 전에 말순 씨가 한 말이 떠올랐다. 왜 그녀는 새벽 댓바람부터 두 번씩이나 목욕을 한걸까? 설마, 아직도 창밖에서 세레나데를 불러주는 아름다운 청년을 기다리고 있는 걸까? 말순 씨의 행동을 도무지 이해할 수가 없었다. 목욕을 끝내고 방으로 가니 팬티와 면티, 양말이 방 한가운데 놓여 있었다.

"왜 아침부터 목욕을 두 번이나 해?"

아침밥을 먹다가 말순 씨에게 물었다

"몰라서 묻냐. 니가 목욕물 받아 놓고 깨우면 안 일어나고. 뜨거운 물 아까워서 목욕 한 판하고 또…."

어제 과음해 한 시간 반을 늦게 일어났다. 말순 씨는 평상시처럼 뜨거운 물을 받은 후 나를 깨웠지만 그때마다 30분 뒤에 깨우라고 두 번이나 외쳤던 것이다. 옛사람들은 뜨거운 물을 귀하게 여기는 습관이 몸에 배어 있지 않은가. 밤새 아궁이의 솥에 내일 아침 씻을 물을 끓였던 걸 나도 경험상 잘 알고 있었다. 뜨거운 물이 아까워 목욕을 두 번이나 해서 얼굴이 벌겋게 달아올랐다고 생각하니 입이 열 개라도 할

말순 씨는 나를 남편으로 착각한다

말이 없었다. 밀리면 끝장이란 마음으로 한마디 했다.

"음, 그래서 오늘 살결이 백옥 같았군!"

"내가 니 땜시 징해서 못 살아야."

여하튼 우리 집엔 목욕하다가 옷을 잃어버린 하늘나라 선녀님이 살고 있다.

나는 정말
행복한 사람

공자께서 말씀하셨다.
"성인을 만나볼 수 없다면 군자만이라도
만나볼 수 있으면 좋겠다."
공자께서 말씀하셨다.
"선인을 만나볼 수 없다면 한결같은 사람이라도
만나볼 수 있으면 좋겠다. 없으면서도 있는 듯하며,
비어 있으면서도 채워진 듯하며, 가난하면서도
호화스러워 어렵다. 한결같음이."

-《논어》〈술이편〉 25장

말순 씨는 나를 남편으로 착각한다

공자도 만나기 어려운 사람을 만났습니다. 그런 사람의 몸속에서 10개월 동안 따듯한 마음을 먹고 태어나 40여 년의 세월 동안 아낌없는 사랑을 받으며 살아왔습니다.

그녀는 나의 봄이었고, 여름이었고, 가을이었고, 겨울이었습니다. 봄에는 꽃향기로 마음을 향기롭게 만들어주었고, 더운 여름에는 큰 가지로 그늘을 만들어 시원하게 해주었고, 가을에는 푸른 하늘 같은 마음으로 맑은 숨을 쉴 수 있도록 만들어주었고, 겨울에는 난로처럼 따듯한 마음으로 훈훈한 겨울을 보낼 수 있도록 만들어주었습니다.

아낌없이 주는 나무! 항상 그 자리에서 한결같은 마음으로 지켜주었고, 내가 주인공이 되어 더욱 빛날 수 있도록 배경이 되어주었습니다. 한결같은 사람, 말순 씨. 앞으로 몇 십 년의 세월이 흘러도 말순 씨의 마음은 늙지 않을 것입니다.

나는 세상을 다 가진 사람보다
행복한 사람입니다.

꼬마 의자
네 개의 의미

여자 2호가 40여 년 된 유치원에서 꼬마 의자 네 개를 가지고 왔다. 내 나이와 비슷한 세월을 보낸 의자의 색깔과 나뭇결이 참 고왔다. 내 얼굴은 어떨까? 하고 거울을 보았다. 거울에 비친 얼굴을 보고 할 말을 잃었다. 민둥산 머리만 반짝일 뿐 피부색은 거무튀튀하고 개기름이 흐르는, 한마디로 찌든 얼굴이었다. 보이는 얼굴이 저 정도이면 마음이야 말해 무엇 하겠는가.

"두 개도 아니고 왜 네 개야?"

"하나는 엄마 거, 하나는 네 거 그리고…"

여자 2호가 말끝을 흐리자 옆에서 듣고 있던 말순 씨가 한마디 했다.

"평생 우리 둘만 살 건 아니잖여."

어차피 버릴 의자, 말순 씨는 미래를 그려 보았을 것이다. 며느리와 손주의 몫까지 합해 네 개를 여자 2호에게 가져오라고 했거나 그 엄마에 그 딸이라고 알아서 챙겨왔을지도 모른다. 여하튼 모로 가나 도로 가나 결론은 매한가지였다. 애인도 없는데 며느리를 생각하고, 며느리도 없는데 태어날 아기까지 생각하다니 선견지명이 대단한 모녀가 아닐 수 없었다.

"의자가 작으니 두 개씩 붙여 앉으면 되겠군."

그녀들의 마음을 너무 잘 알기에 못이기는 척하며 한마디 했다. 불안한 눈빛으로 나를 보던 모녀는 서로 마주보며 의미심장한 미소를 지었다.

의자에 앉을 수 있는 동물은

사람밖에 없다고 합니다.

어찌 보면 우리가

의자에 앉는 게 아니라

의자가 편안한 곳을

내주는 것이 아닌지.

우리가 옮기거나

떠나지 않는 한

의자는 항상 그 자리에서

편안한 쉼터를 제공합니다.

나에겐 72년 된

따듯한 의자가 있습니다.

항상 그 자리에서

언제든 아낌없이

내주고 있습니다.

초등학교 6년산
신붓감 구하기

1월 1일 새해가 밝았다. 평소보다 일찍 일어나서인지 옅은 졸음이 눈가를 떠나지 않았다. 새해 첫 아침의 느낌이란? 단지 허전했다. 맑은 하루를, 희망찬 한 해를 꿈꾸지도 않았고 조용히 말순 씨와 식사를 했다. 역시나 맞은편 앉아 내 눈치를 살피고 있다. 무언가 또 할 말이 있는 게 분명했다.

"새해 덕담하려면 빨리 하고 편하게 먹지요?"

"절대 기분 나쁘게 듣지 말고잉, 그러니께."

저렇게 뜸 들이는 보니 엄청 센 발언을 하려는 걸 오랜 경험으로 알 수 있었다.

"새해 첫날부터 무슨 말하려고. 화 안 낼 테니까 뜸들이지 말고 말해."

"니가 결혼 안 하는 이유가 뭘까 밤새 생각하다가 물어보는 것이여. 혹시 몸에 이상이 있어 여자를 안 만나는 것이여?"

"그러니까 발기부전 뭐 그런 거?"

정말 뜻밖이었다. 새해 아침 밥상에서 이 무슨 날벼락인가.

"그게 아니면 혹 여자보다 남자가 더 좋은 건 아니지야?"

말순 씨는 말끝을 흐렸지만 이참에 모든 궁금증을 해소하려는 듯했다.

"뭐, 성정체성? 게이, 레즈비언 그런 거?"

말순 씨는 아무 말 없이 고개를 끄덕였다.

밥숟가락을 내려놓고 냉장고에서 소주 한 병을 꺼내왔다. 아무 말 없이 고개를 숙인 채 연거푸 세 잔을 마셨다. 곰곰 생각해보니 이 두 가지 질문에 대해 대답을 해줄 필요가 있다는 생각이 들었다. 다시 소주 한 잔을 따르며 말문을 열었다.

"대학 시절 만나던 ○○○ 생각 나? 그때 ○○○가 임신한 아이를 낳았다면 고3 정도 되었을 거야. 예전에 어느 술집에서 옆 테이블 남자가 윙크하고 내 몸을 슬쩍 만지며 화장실 갔다가 내게 두들겨 맞을 뻔했던 사건 기억나? 일전에 보여준 여자 사진 기억나? 내가 요새 짝사랑하는 사람이야. 제발 드라마 좀 그만 봐. 한 가지 더. 나이 먹고 결혼 안

말순 씨는 나를 남편으로 착각한다

한 사람이 머리 밀었다고 다 그런 거 아니야!"

후폭풍이 두려웠지만 어쩔 수 없는 선택이었다. 몇 날 며칠, 아니 10여 년 넘게 때론 아렸고, 때론 쑤셨지만 꾹꾹 참아온 말순 씨의 마음속 종기가 터진 것이 분명했다. 차마 말순 씨의 눈을 볼 자신이 없었다. 한 잔 또 한 잔 고개를 숙인 채 술을 마시고 있는데, 순간 내 귀가 의심스러웠다.

"아이고 다행이구만. 난 또… 됐어야. 이제 가슴이 후련하구마잉. 장가는 갈 수 있것어. 나는 아무것도 필요 없어야. 초등학교만 나온 여자라도 니만 위해 주면 돼야."

'아니 이 반응 이게 뭐지? 그리고 초등학교?'

술잔을 들이키며 고개 들었다. 순간 동거녀 말순 씨의 눈에서 '희망'을 보았다. 왠지 앞날이 불안했지만 새해 첫 전투가 이쯤에서 마무리된 걸 감사해야 될 것 같았다.

새해 목표가 생겼다. '초등학교 6년산 신붓감 구하기.'

"근데 그거 알아? 요샌 박사 학위 딴 여자보다 초등학교만 나온 여자 구하기가 더 힘들다는 거."

붉게 물든 단풍잎처럼 붉게 탄 당신의 마음을 보았습니다.

나가요

일요일 오후, 여자 1호와 2호가 고기를 잔뜩 사들고 놀러 왔다. 고기를 구우며 술 한잔 마시고 있는데 기회는 이때다 싶었는지 말순 씨가 뜬금없이 한마디 했다.

"내일은 제발 좀 집 밖에 나가야. 니가 곰 새끼여 일주일째 집에 처박혀 꼼짝도 안 하고 내가 니 땜씨 제 명에 못 죽어야."

말이 떨어지자마자 고기를 먹고 있던 여자 1호는 기다렸다는 듯이 말을 이어 받았다.

"그래, 올해는 제발 제주도에 가든 외국에 가든 집에서 나가. 집 걱정은 하지 말고 일단 나가."

또 여자 1호의 말이 떨어지기 무섭게 여자 2호가 말을 이어 받았다.

"그러니까, 베트남 여자랑 결혼하든 제주도 여자랑 결혼하든, 아님 동거를 하든 데릴사위를 하든 여자 집에 가서 살아. 엄마는 우리가 생활비 대든 모시고 살든 할 테니. 넌 네 몸만 간수하고 살아. 12월까지 나가."

아니 이 무슨 아닌 밤중에 봉창 두들기는 소리요, 맑은 하늘에 날벼락 치는 소리인가. 내 집에서 나가라니. 또 베트남 여자는 무엇이고, 제주도 여자는 무엇인가. 하물며 외국이든, 제주도든 여자 집에 가서 동거를 하든 데릴사위를 하든 무조건 나가라니 어처구니가 없었다.

"내가 술집 '나가요'야. 어딜 자꾸 나가라는 거야."

"이 집에서 40여 년 살았으면 오래 살았어. 너도 이제 네 앞길 네가 알아서 해. 네가 캥거루니? 캥거루도 몇 달만 어미 품에 살아."

고기를 굽는 건지 나를 굽는 건지 분간이 안 될 정도로 그녀들의 맹공격은 작정한 듯 계속 이어졌다. 내가 매우 난감해하자 말순 씨는 고개를 돌려 베란다 꽃에 시선을 두고 있었다. 소주를 마시다 말고 아무 말 없이 방으로 들어갔다. TV를 켜자 온통 연인들의 사랑이야기와 불륜을 다룬 드라마만 방영하고 있었다. 남들 다하는 사랑과 결혼, 누구는 심지어 두 여자를 사귀기까지 하는데 현실 세계는 녹록지 않았

말순 씨는 나를 남편으로 착각한다

다. 한마디로 노래가사처럼 내게 사랑은 너무 썼다.

한 시간 뒤 총격을 퍼붓던 여자 1호와 2호가 제 집으로 돌아갔다. 잠시 후 말순 씨가 부르는 소리가 들렸다. 마루에 술상이 차려져 있었다.

"너무 기분 나빠 하지 말그라. 누나들이 오죽 걱정되면 그러것냐. 내가 어제 누나와 전화로…"

말을 마친 말순 씨의 눈에 눈물이 맺혔다.

어제 말순 씨가 여자 1호와 전화통화를 하면서 일주일째 집에만 있는 내 이야기를 했었던 것이다. 무슨 걱정거리가 있는지 말도 안하고 저녁에 술만 마신다고 말을 하자 여자 1호가 작정하고 나타난 것이다. 여자 1호가 어떤 사람인가? 우리 삼남매가 어떤 사이인가? 어릴 적부터 단 한 번도 싸운 적이 없었고, 서로에게 싫은 소리 한 번 안하고 살아온 돈독한 사이가 아닌가. 말순 씨와 남자 1호 일랑 씨는 그런 우리를 항상 대견하게 생각했고, 고마워하지 않았던가. 오늘도 여자 1, 2호는 말순 씨 걱정도 되었지만 막내 동생의 미래에 대한 걱정 때문에 일부러 생전 처음 독한 말을 한 것이었다. 말순 씨는 어디쯤에서나 행복해할 수 있을까? 눈물이 났다. 아니 울어야 했다. 지금 울지 않으면 누구를 위해 울 것인가? 세상에서 가장 소중한 말순 씨의 눈물이 떨어지지 않을 만큼 나직이 울었다.

일주일 후
나는
인간이 된다

토요일 낮, 한 잠 늘어지게 자고 일어나 아침 겸 점심식사를 했다. 맞은편에 앉아 있는 말순 씨가 할 말이 있는 듯 자꾸 '거시기'를 반복했다.

"어제 집 팔았어야. 글구 집 샀구먼."

순간 기가 막히고, 목구멍이 막혀 식탁이 입에서 나간 밥알로 눈밭이 되었다.

"왜 팔았는데?"

"인간답게 살아 볼라고!"

"그럼, 지금은 짐승처럼 사는 건가? 인간답게 살 곳은 어딘데?"

말순 씨는 나를 남편으로 착각한다

"집 뒤 마을버스 종점에 현대 아파트."

이 무슨 노벨상 빠칠 논리인가? 오늘 아파트에 사는 게 인간답게 사는 거란 걸 처음 알았다. 말순 씨에게 마지막으로 한마디 물었다.

"집 팔려면 내 인감이 필요했을 텐데?"

그랬다. 내 인감 도장과 은행통장 도장뿐만 아니라 집문서와 은행통장까지 모두 말순 씨가 보관하고 있었다. 심지어 주택 청약통장도 말순 씨 이름 앞으로 되어 있지 않는가. 더더욱 어처구니없는 건 아들이 출장 가 지금 집을 못 팔면 새로 산 집 계약금을 떼이게 생겼다고 사정을 하다가 막판에는 으름장을 놓았다는 것이다. 사정을 하고 으름장을 놓아 모든 것이 해결되었다는 이 노벨상 두 번 탈 논리는 무엇인가? 며칠 전, 출근길에 주민등록증을 달라고 했을 때 낌새를 차렸어야 했었다. 그러고 보니 17년 동안 직장생활을 했지만 아무것도 가진 게 없었다. 돈도, 통장도, 멋진 애인도, 여우같은 마누라도, 토끼 같은 새끼도, 심지어 어떤 권한도 가진 게 없었다. 딸랑 카드 한 장 가졌을 뿐. 그것도 카드 지출 명세표는 말순 씨가 받아보고 카드 값을 냈다. 조금이라도 이상한 상호나, 카드 값이 많이 나오면 취조를 당했다. 스님도 아닌데 민머리라서 그런지 무소유의 삶을 살고 있었다. 여하튼 난 조만간 인간이 될 것이다. 그런데 조선시대 양반이 다른 곳에 부임하면 딸려 가는 몸종 같은 느낌이 드는 건 왜일까?

그리움이
붉은 꽃을
피웠다

"달그락 달그락, 뻑뻑."

30년 된 이 낡은 빌라는 도대체 벽과 문짝이 왜 있는지 모르겠다. 소리란 소리는 모두 흡수하는 등 회사 파티션 역할밖에 하지 못했다. 방문을 열고 나갔다. 역시나 잠을 깨운 주범은 말순 씨였다. 어디서 저리 많은 박스를 주워왔는지 걸레로 '뻑뻑' 닦은 물건을 담고 있었다.

"아침부터 뭐하는 거야?"

"이사 갈 물건 담는겨."

"포장이사 하잖아?"

"그래도 중요한 건 미리 닦아 담아둬야 혀."

말순 씨는 나를 남편으로 착각한다

"근데 지금 왜 닦아. 이사 가면 또 닦아야 할 걸."

"그땐 대충 살살 닦을 거."

"왜 근데 아침부터…."

"닦을 게 많아. 작은 건 박스에 담고, 식탁하고 책장도…."

말문이 막혔다. 박스에 담는 작은 물건들은 그렇다손 치더라도 이사 간 후 정말 먼지 묻어 '빡빡' 닦아야 할 식탁과 책장을 '살살' 닦겠다는 저 말도 안 되는 심보는 뭐란 말인가.

왠지 모를 불안감이 몰려왔다. 오늘 집 안의 물건을 죄다 빡빡 닦을지 모른다는 생각이 들었다. 그렇다면 책장을 빼고 넣고, 진열장을 이리저리 옮기고… 오늘 집에 있다간 상머슴이 될지도 모르겠다는 불길한 예감이 들었다. 그렇지 않은가. 불길한 예감은 꼭 틀리지 않는다는 것을. 이럴 땐 일단 피하고 보는 게 상책이란 걸 40년 넘도록 몸소 겪어왔기에 반사적으로 목욕탕에 들어가 씻었다. 단 10분 만에 준비를 마치고 외출하려는 찰나 남자 1호가 떠나고 '그녀만의 세상'이 된 방문이 열렸다.

"이것 좀 함께하고 나가라잉?"

"바빠 나중에."

"그려~ 니는 싸가지가 닷 돈어치도 없는 놈이여."

말순 씨의 레퍼토리가 시작됐다. 이럴 땐 포기하는 게 또 하나의 상책이다. 다음 멘트가 너무도 뻔하기 때문이었다. 말순 씨가 낡은 분

홍색 커튼을 가지고 나왔다. 왠지 낯이 익었다.

'앗, 집 망하기 전 '그들만의 세계' 안방에 걸려 있던 커튼을 아직도 가지고 있었단 말인가. 10년도 넘은 것을.'

"뭔 보물단지라고 아직도 갖고 있었대?"

"언젠가 이 커튼을 다시 걸 날이 올 줄 알았어야."

그들이 서울로 상경해 한 첫 사업(?), '현미 커튼 상사.' 그들로 인해 내 놀이터는 늘 커튼 가게였다. 벽면 빽빽이 둘러쳐진 형형색색의 커튼들. 술래잡기는 물론 귀신의 집 놀이 등 다양한 놀이를 하기에 더할 나위 없이 훌륭한 장소였다. 특히 제단대는 침대로 쓰이기도 했다. 엿장수도 울고 갈 창 같은 가위와 여러 개의 눈금자들 그리고 분필 대용인 초크는 장난감이자 훌륭한 필기구였다.

하지만 일랑 씨가 현장근무를 나가거나 옆 가게 자칭 사장님들과 술자리라도 있는 날이면 금세 놀이터는 일터로 바뀌었고, 난 말순 씨와 한 팀을 이룬 보조직원이 되었다. 대개 커튼 접기가 주 업무이고, 대부분 현미커튼 상사를 안전하게 지키는 게 보조 업무였다.

30년 만에 서로 마주보고 서서 커튼을 접기 시작했다. 말순 씨는 한 팀을 이루어 현미커튼 상사를 굴지의 기업까진 아니더라도 돈암동에서 몇 안 되는, 지금으로 말하자면 소호 창업 신화를 이루었던

말순 씨는 나를 남편으로 착각한다

추억을 잊은 것일까? 커튼을 접다 말고 봉창 두드리는 고상한 멘트를 날렸다.

"어디서 커튼 접는 법을 배웠냐. 니 같은 기계치가?"

"여기서 기계치가 왜 나와?"

"니 아버지는 망치질, 전기, 정미소 기계, 못 고치는 게 없었어야."

이쯤 되면 포기하는 게 또 하나의 상책이다. 말순 씨의 푸념 섞인 남자 1호 일랑 씨 예찬론이 시작됐다.

남자 1호 일랑 씨는 못 고치는 게 없는 일명 맥가이버였다. 하지만 환상적인 기술은 왜 하필 남자인 내가 아니라 여자 1호가 물려받은 것일까? 여자 1호가 내 머리처럼 맨질맨질한 방문 문고리를 고치는 걸 보고 경악을 금치 못했었다. 어떻게 저 빈틈없는 문고리를 뜯어 단 5분 만에 고칠 수 있단 말인가. 서글펐다. 여자 1호는 전남 영암 일대의 여심을 휘어잡은 탁월한 외모까지 물려받았다. 그나마 다행인건 말순 씨와 닮은 여자 2호에 비하면 난 행복한 사람이라는 것. 기가막힌 믹스.

"정말 몰라? 어렸을 때 그렇게 부려먹고…."

"음, 그랬구만."

작은 손으로도 무척 커튼을 잘 접은 기억이 남아 있지만 지금은 손이 커졌음에도 커튼 앞쪽을 한 칸 한 칸 접을 때마다 손아귀가 저려

왔다. 한 칸씩 커튼 마디가 손아귀로 들어올수록 1년의 세월이 접히는 것 같았다. 마지막 두 칸, 부들부들 떨리는 손아귀에 힘을 줄 때 커튼 핀에 엄지손가락을 찔렀다.

"앗, 이런… 왜 이런 걸 버리지 않아 가지고…."

"하여튼, 니는 니 아버지의 반도 안 돼야!"

"그리 하늘 보며 욕만 하더니… 다시 태어나도 일랑 씨랑 살아."

말순 씨는 왜 닦고 또 닦는 것일까? 혹 지나온 세월을 닦아내기 위한 걸까? 아님 더 빛나도록 닦고 있는 걸까?

엄지손가락에 핏방울이 맺혔다. 말순 씨의 붉은 그리움이구나!

말순 씨는 나를 남편으로 착각한다

아직도 그녀의 사랑은 진행 중인가 봅니다.
커튼의 마디마디를 접을 때마다
지나온 세월의 힘이 전해져왔습니다.

붙박이
사랑

난생처음 아파트로 이사 온 지 며칠 후 현관문을 열고 들어서는 순간 거실 벽 전체가 천장까지 닿는 붙박이 책꽂이로 꾸며져 있었다. 지금 서재에도 큰 책꽂이 여섯 개, 작은 책꽂이가 네 개인데, 이 집을 주거용으로 쓰려는지, 아님 헌책방을 차리려는지 말순 씨의 마음을 알 수가 없었다.

"TV는 어디 놔두려고."

"각자 방에서 해결하는겨."

그건 아주 현명한 결정이었다.

"비싸지 않아?"

"너에게 주는 선물이여."

"내가 번 돈으로…."

여하튼 기분은 나쁘지 않았다. 둘이 거실 바닥에 앉아 커피 마시다가 책꽂이 가격이 궁금했다.

"근데 저거 얼마래."

"두 권씩 들어가니 한 100만 원 줬제. 세일해서…."

"저 책들을 안 샀으면 돈이 얼마야. 그 돈만 모았어도."

저 수많은 책들이 부도 난 회사의 휴지조각 된 주식처럼 느껴지는 건 왜일까?

"니 머리에 저거라도 안 읽었으면 입에 풀칠도 못하고 살았어야. 네 목구멍으로 들어간 술값에 비하면 아무것도 아니여."

순간 괜한 말 꺼냈다가 불똥만 튀었다. 이사를 온 첫날부터 한 번 접히고 들어가는 게 못마땅했지만 100퍼센트 맞는 말이니 할 말 없었다. 조용히 베란다에 나가 담배 한 대 피우고 있으니 또 한마디 곁들었다.

"담배 값은 또 어떡하고."

말순 씨의 말처럼 인간답게 살기 위해 아파트로 이사를 왔다. 생애 첫 아파트 생활이 시작된 것이다. 남자 1호 일랑 씨는 빚을 유산으로 남겼지만 말순 씨의 근검절약 정신으로 빚을 청산하고 이 집을 마련했다. 심지어 빚이라면 치가 떨린다며 현금을 주고 이 집을 샀다. 10여 년 빚과의 전쟁은 치열했다. 말순 씨는 단돈 100원을 아끼기 위해 집 앞 슈퍼를 놔두고 20분 거리에 있는 마트까지 걸어가서 물건을 구매했다. 한마디로 돈 앞에서는 그 누구와도, 무엇과도 타협은 없었다. 말순 씨는 천 원짜리 한 장 빌리기가 얼마나 어렵다는 것을 몸소 겪어 알고 있었다. 그러니 말순 씨의 지난했던 삶에 대해 한마디라도 부정할 수 있는 사람은 주위에 단 한 명도 없었다.

그렇게 어렵게 이사를 온 집이니 내게 선물 하나를 해주고 싶었고, 직업에 맞게 그럴싸한 서재와 책장을 선물해 주고 싶었던 것이리라. 서재 바닥에 놓여 있는 책을 날라다가 꽂으니 남을 것 같았던 책장이 꽉 찼다. 앞으로 꽉 찬 책꽂이처럼 알차게 살아가라는 뜻인 것인지, 역시 말순 씨의 안목은 남달랐다.

나는
정글에
산다

말순 씨의 말대로 '너무나 인간답고, 너무나 편리하게' 살게 되었다. 우선 따뜻한 물이 시도 때도 없이 펑펑 쏟아져 나왔다. 겨울날, 보일러 안 들어오는 목욕탕에서 오돌오돌 떨며 머리카락을 벌초하는 기분을 누가 알까. 화장실도 두 개였다. 말순 씨는 새벽에 두 번씩 화장실에 가야했다. 이 점에선 뭐라 할 말이 없었다. 말순 씨의 오줌 병은 날 낳다가 '아기보'가 빠져 고질병으로 발전한 것이니 누굴 원망하랴.

집 평수가 커져 방 안에 쌓아놓았던 책을 서재와 거실 벽 전체에 붙박이책장을 만들어 꽂으니 인테리어는 물론이요, 한마디로 그럴싸했다. 이삿짐센터 아저씨 말을 빌리자면 "이 동네에서 10년 넘게 일했지만 제일 책이 많은 집이라고 말하며 이 집 주인이 교수냐"고 물었다 한다. 그 말에 잠시 흐뭇했지만 이내 기분이 잡쳤다.

"이 집 주인이 책방을 하다가 망해 집에다 쟁여놨당께요."

위의 세 가지 이유만으로도 단독주택으로 이사 가기 위해 치를 떨며 짧고 강한 저항을 한 것을 반성할 정도로 완벽했다. 특히 우리가 사는 102동은 언덕 위에 자리하고 8층이라 처음에 우려했던 갑갑증도 없었다. 이 동네가 미개발된 것에 감사했다. 웬만한 동네였으면 더 드넓고 높은 건물이 충분히 앞을 가로막았을 것이다. 여하튼 이 동네의 최고 높은 건물이 이 아파트 12층일 줄이야. 아, 서울특별시 속의 '양촌리'라고나 할까. 몇 날 며칠 말순 씨의 '촉'을 속으로 감탄하며 찌그러져 지냈다.

하지만 어디 세상사가 맘대로, 뜻대로, 기대대로 되는 게 있던가. 역시 안 되는 놈은 안 되는 거였다. 뒤로 넘어져도 코가 깨지고, 곰을 잡아도 웅담이 없는 내 인생이 아니던가. 너무나 인간답고 완벽했던 이곳이 드디어 지옥으로 바뀌기 시작했다.

"니 뻐꾸기시계 샀냐잉?"

낮잠을 자고 나오는데 말순 씨가 말했다.

"뭔 뜬금없는 소리?"

솔직히 뻐꾸기 소리에 잠에서 깼다. 잠시 후 다시 뻐꾸기 소리가 들렸다. 7번 연속으로. 베란다에 나가 보았다. 낮에 보니 숲에 둘러싸인 아파트 동 사이로 온갖 새들이 날아다녔고 진짜 뻐꾸기가 살고 있었다. 누군가 입에 손을 대고 부는 소리가 아니요, 더더욱 뻐꾸기시계 소리도 아니었다. 진짜 뻐꾸기가 울고 있었다. 서울에서 뻐꾸기가 울다니 기가 막혔지만 공기 좋은 곳에 산다는 것을 위안 삼으며 거실로 들어왔다. 그때 안방에 있던 말순 씨가 뛰어나오며 한마디 했다.

"아따 내 귀 좀 보소, 밥통에서 밥 다 됐다는 소리를 시계소리로 오해했구만."

"그거 말고 진짜 뻐꾸기가 살아!"

내 대답에 그녀도 놀란 멍한 표정을 지었다.

하지만 10분 뒤 더 기가 막히는 뻐꾸기의 친구가 또 한 명 나타났다.

"아아아하하하하하하하하하하하하하하하하~~~."

온 아파트 단지가 울렸다. 1분 단위로 괴음성이 울려 퍼지기 시작했다.

"여기 타잔 살아?"

다시 베란다에 나가 창밖을 내려다보고 숲 쪽을 바라보았지만 타잔은커녕 애인 제인도, 치타도, 커다란 코끼리도, 개미 새끼 한 마리도 보이지 않았다.

"허허 이거 참…"

그럭저럭 그날은 넘겼지만 그건 악몽의 서막이었다. 다음 날도, 그

말순 씨는 나를 남편으로 착각한다

다음 날도, 일주일 뒤도 한 달 뒤도, 낮에도, 저녁에도, 새벽에도 뻐꾸기는 시도 때도 없이 울어댔고, 타잔 또한 똑같이 울부짖었다. 심지어 얼마 전부터는 드릴로 못을 박는 소리인 줄 알았는데, 딱따구리까지 나타났다. 창문을 닫아도 그 소리는 미친 하모니를 이루며 메아리쳤고, 그럴수록 잠 못 이룬 내 얼굴은 점점 팬더곰처럼 다크서클이 진해져만 갔다. 한쪽 귀가 잘 안 들리는 말순 씨는 정말 인간답게 살고, 난 하루하루 지날수록 폐인이 되어 갔다.

며칠 후 참다못해 술 잔뜩 마시고 들어와 하소연을 넘어 이사를 가겠다고 으름장을 놓자 말순 씨가 뭔 첩보라도 입수한 듯 조용히 말했다. 이 아파트가 북한산 우이동 입구에서 5분 떨어진 숲에 위치해일 년 내내 새가 울어 전원주택에 사는 것처럼 좋다는 주민의 말을 자랑스럽게 인용했고, 뻐꾸기도 있고, 딱따구리도 있는 게 맞다며….

"타잔은?"

타잔의 신원이 밝혀졌다. 6층에 열두 살짜리 아이가 살고 있는데 자폐였다. 예전부터 아파트 주민들의 민원이 빗발쳤고, 지금도 연장선상에 있다고 했다. 아이 부모가 도우미 아줌마까지 고용해 감시를 해도 어느새 베란다의 난간에 붙어 세상 밖으로 외치고 있다고 했다.

"그럼 밤만이라도 창문 닫으라고 해."

"암, 그렇게 전하고 말고."

상대방을 배려하는 마음,

그녀의 삶에 대한,

사람에 대한 자세를 보며 많이 배웁니다.

난 언제쯤

그녀의 가슴을

뻥 뚫어줄 활명수가

될 수 있을까요.

말순씨의 표정이 밝아졌다.

이른 아침, 출근할 때 타잔의 소리가 들려 뒤돌아 6층을 올려다보았다. 한 아이가 베란다 창에 매달려 하늘을 향해, 창밖을 향해, 세상을 향해 소리치고 있었다. 언덕을 내려오며 말순 씨에게 전화를 걸어 한마디 했다.

"정말 인간답게 살기 위해 정글로 이사 온 거지?"

"혹 아파트 한 채라도 있음 누가 니한테 시집올까 싶어 그랬어야. 시비 걸지 말고 전화 끊어야."

내 짐작이 맞는다면 분명 말순 씨는 내 성화에 못 이겨 6층을 방문했다가 아이 엄마의 딱한 사정만 듣다가 아무 말도 못하고 돌아왔을 것이다. 아마 베란다 창에 매달려 고함치는 아이를 보며 할 말 못하고 가슴속에 담아두었던 삶, 자유롭게 외출하지 못했던 지나온 자신의 삶을 생각했을 것이다. 시부모 돌아가시고 난 후에도 여행은커녕 외할아버지 기일에도 눈치 보며 몇 년에 한 번꼴로 다녀오지 않았던가. 아마 저 아이의 12년 삶을 들으며 72년 본인의 삶과 비슷하다고 여겼을 것이다. 그래, 헤비메탈도 듣는데 정글 속에서 타잔의 정겨운 목소리를 못 들을 게 무엇인가. 그래, 아침에 정글의 법칙 속으로 출근했다가 저녁엔 진짜 정글에서 살고 있다. 타잔과 함께.

산삼
한 뿌리 먹고
가세요

　주말 저녁, 친한 형님으로부터 전화 한 통을 받았다. 내일 만나면 안 되겠냐고 되물었지만 지금 당장 강남 매장으로 오라는 말만 되풀이 하셨다. 형님을 만나오면서 이런 경우가 없었던 터라 택시를 타고 매장으로 갔다. 분명 큰일이 난 게 분명했다. 급한 마음에 허겁지겁 매장에 뛰어 들어갔지만 형님께서는 너무나 태연하게 소주잔을 기울이고 계시는 게 아닌가. 심지어 내게 농까지 거시면서 웃으셨다. 소주 몇 잔을 주고받았을 즈음 형님께서 주방으로 가시더니 스티로폼 상자 하나를 들고 나오셨다. 판도라 상자가 열렸다. 도라지 한 뿌리가 푸른 이끼 위에 편하게 누워있었다.

"형님 웬 도라지예요?"

"산삼이야."

요새 주말에 산에 다니신다는 이야기는 익히 들어 알고 있었지만 산삼과 약초를 캐시다니. 실제로 산삼을 보는 건 처음이었다. 당당하게 집에 돌아와 말순 씨에게 산삼이 든 상자를 건넸다. 산삼이란 말에 말순 씨의 눈이 놀란 토끼처럼 커졌다. 여기까지는 예견된 반응이었다. 하지만 사단은 엉뚱한 곳에서 일어났다.

"꼭꼭 씹어 드셔."

"죽으면 썩어 문드러질 몸이고 70년 넘게 살았는디 무슨. 앞으로 살날이 많은 니가 먹어야."

그 후 한 시간 동안 승강이를 했지만 답변은 한결같았다.

"내 마음이여!"

말순 씨는 입을 앙다문 채 방바닥을 내려다보았다. 이 말이 나오면 총알도 말순 씨의 견고한 마음을 뚫지 못할 것이다. 일단 한 발짝 후퇴하고 방으로 들어갔다. 다음 날 아침, 방문을 열고 나오자 말순 씨는 기다렸다는 듯이 산삼을 내 입에 넣었다.

"공복에 먹어야 좋다는구만."

그새 아침부터 누군가에게 전화를 걸어 먹는 법까지 다 알아놓은 것 같았다. 말순 씨의 따뜻한 마음이 내 몸속에 깊이 뿌리내려 아름다운 꽃을 피우기를…

그녀는
매일 탑을
쌓는다

말순 씨는 내가 술을 마시 듯 꼭 하루에 한 잔의 봉다리 커피를
타서 안방으로 들어갔다. 잠시 후 말순 씨는 온 집 안을 욕설판으로
만들었다. 아침드라마 타임이 시작된 것이다. 세상에 온갖 나쁜 인간
은 다 드라마 속에 존재하니까. 드라마가 끝나면 한 시간 동안 집 안에
정적이 흘렀다. 말순 씨의 첫 업무가 시작된 것이다. 털고, 문지르고, 펴
고, 접는 등 일명 다림질 신공. 온갖 정성을 쏟아붓는 작업이지만 말순
씨의 아킬레스건이기도 했다. 남자 1호 일랑 씨는 결혼 후 한 달 후부
터 본인이 직접 다림질을 했다. 해병대 출신이며 칼 같은 성격의 소유
자인 남자 1호 일랑 씨의 눈에 말순 씨의 다림질 솜씨가 성에 찰리가

만무했던 것이다.

지인이 집에 찾아왔다. 거실 술상에서 술을 마시다가 집 구경을
시켜달라고 했다. 정말 간단한 살림살이여서 보여주고 말 것도 없었지
만 서재를 보여주었다. 수천 권의 책과 그림, 사진들이 한 치의 오차도
없이 차곡차곡 쌓여 있었다. 거실 벽면도 붙박이 책장을 만들어 책을
차곡차곡 쌓아 놓았다. 그런데 지인이 정녕 놀란 건 책도, 그림도, 사
진도 아니었다. 겨우 두 사람 누울 수 있는 크기에 달랑 침대 매트리
스, 행거, 텔레비전 한 대밖에 없는 잠자는 방을 유심히 보더니 한마
디 했다.

"친구, 어머니께서 불자이신가?"

"그런데 왜?"

"이 방 정말 감동이네! 어머니께서 탑을 쌓으셨네. 텔레비전 위에
다림질된 열 장의 손수건 탑, 텔레비전 수납장 안의 팬티, 러닝셔츠, 내
복, 일반 양말, 등산양말, 축구양말, 니트, 심지어 파스도 종류별로 탑
을 이루고 있네. 양복바지, 와이셔츠, 심지어 면바지까지 주름이 잡혀
있네. 베겠어."

'이 친구 눈치 챘군.'

말순 씨의 하루 일과 중 가장 중요한 업무는 다림질이었다. 남자

1호 일랑 씨는 일자로 쭉 뻗은 고속도로를 추구하는 성격이었고, 처녀 시절 여자 1, 2호도 지방도로처럼 삐뚤삐뚤 여러 갈래로 퍼지는 주름을 원망할 정도로 말순 씨에게 다림질은 수난의 역사였을 텐데도 말이다. 단 나만 주름이 세 갈래든 네 갈래든 상관하지 않았다. 하지만 말순 씨는 모두 떠난 지금도 다림질에 모든 심혈을 기울이고 있었다.

말순 씨는 스님이 명상을 하듯, 선비가 수양하듯 마음을 다잡고 있는 것일까? 아마도 옷을 다리면 자기 인생을 다리고 있는지도 모르겠다는 생각이 들었다.

"수행하듯 탑 잘 쌓아, 그래야 탑돌이 하지?"
"나 암말도 안 하고 조용히 있었는디…."

말순 씨는 스님이 명상을 하듯,
선비가 수양하듯 마음을 다잡고 있는 것일까?

아마도 옷을 다리면서 자기 인생을
다리고 있는지도 모르겠다는 생각이 들었다.

청국장 냄새를
휘날리며

주말 아침, 40일 만에 집에 돌아와 아침잠을 늘어지게 자고 있을 때 집 전화벨이 울렸다. 이불 속에 머리를 처박고 귀를 막아도 전화벨은 끝없이 울려댔다. 도대체 말순 씨는 아침부터 어디로 간 것일까? 일 년에 한 번 받을까 말까 한 집 전화를 받았다.

"가출했다가 어제 왔다며. 내일 아침에 제주도로 엄마 칠순 기념 가족여행 간다. 당연히 너도 함께."

쿨한 성격의 소유자인 여자 1호였다.

'아 이게 무슨 운명의 장난이란 말인가? 이럴 줄 알았으면 그냥 제주도에 박혀 있을 것을.'

한마디 반박도 못하고 전화를 끊고 나자 머릿속이 멍멍해졌다.

다음 날, 여자 1호네 가족과 말순 씨와 함께 제주도행 비행기를 탔다. 우리가 묵을 숙소가 섭지코지에 있는 휘닉스 아일랜드라는 말을 듣는 순간 머릿속이 하얘졌다. 바로 그제까지 묵었던 게스트하우스 바로 앞이 아닌가. 여자 1호의 아이들과 며칠 동안 함께 지낼 생각을 하니 눈앞이 캄캄했지만 이틀 만에 돌아온 제주도 바람 냄새는 좋았다. 공항에서 숙소로 가는 길에 중간 중간 차를 세운 후 관광 가이드처럼 능수능란하게 설명을 하자 모두 놀란 눈으로 나를 쳐다보았다. 숙소에서 짐을 풀고 그들은 어디에서 무엇을 먹을지 처절하게 고민했다.

"성산 초입에 맛있는 고기 집 있어."

그들은 미심쩍어 했지만 내가 제 집 가듯 골목골목 안내하는 길로 차를 몰았다. 고기 집 문을 열고 들어서자 지인처럼 반갑게 인사말을 건네는 사장을 보고 다시 한 번 놀라는 눈치였다. 잠시 후 스테이크보다 더 두툼한 오겹살 비주얼을 보더니 한 번 더 놀란 표정을 지었다. 그들은 고기를 먹는 내내 많은 질문을 쏟아냈다. 왜 갑자기 회사에 사표를 냈는지, 그동안 어디에서 무엇을 했는지, 잠은 어디에서 자고, 몸은 왜 이리 검게 탔으며 몸무게가 빠져 인도의 간디처럼 됐냐는 등등 일거수일투족을 캐물었다.

어떤 질문에도 대답을 하지 않았다. 말로 설명하고 싶지도 않았을뿐더러 그냥 눈으로 직접 보여주는 게 낫겠다는 생각에 고기 집에

말순 씨는 나를 남편으로 착각한다

서 나와 15분 거리에 있는 한 집 앞에 차를 세웠다. 제 집 들어가듯 하는 모습에 또 놀라는 눈치였다. 제주 전통 가옥 마루문을 열고 안으로 들어갔다. 좁은 마루 끝 방문을 열고 두 개의 2층 침대 중 오른쪽 침대 1층을 가리키며 말했다.

"여기서 먹고 잤어. 됐지?"

그들은 겨우 두 명 정도 누울 수 있는 작은 방을 보고 다시 내 얼굴을 보는 걸 반복했다. 에어컨도 없고, 작은 부엌. 고개를 숙여야 들어갈 수 있는 마루문 등이 생소했을 것이다.

"정말 여기서 지냈다고? 글고 여기가 뭐 하는 곳인디?

"게스트하우스!"

그때 외출했던 게스트 하우스 주인장이 들어왔다.

"형님, 언제 오셨어요. 며칠 전에 가셨잖아요?"

"울 엄니 칠순 여행."

말순 씨는 게스트하우스에서 나오며 주인장에게 다가가 연신 허리를 숙이며 무슨 말을 건넸다. 나중에 주인장에게 들은 바에 의하면 성질 고약한 아이 비위 맞추느라 고생했고, 그래도 사리에 어긋나는 행동을 하지는 않는다며 다음에도 잘 부탁한다는 말과 함께 서울에 오면 꼭 우리 집에 들르라고 말했다는 것이다.

'그래, 타인이 보는 나는 성질이 고약하고 비위를 맞추기 까다로운 늙은 아이구나.'

말순 씨는 숙소로 돌아오는 동안 아무 말도 않고 붉게 물들어가는 하늘만 바라보았다.

다음 날, 밥 먹으라는 소리에 잠에서 깼다. 우리 집인 줄 알았다. 여행지에서 새벽 6시에 아침밥을 먹으라니 말문이 막혔다. 거실로 나가니 꼬릿꼬릿한 냄새가 가득했다. 제주도에서 첨 맡는 이 냄새는 과연?

그랬다. 식탁을 보는 순간 깜짝 놀랐다. 아니 기가 막혀 말이 안 나왔다. 반찬 세 가지와 밥 그리고 찌개! 일반 찌개도 아닌 청국장이었다. 그 마음이 구수했다. 간디처럼 삐쩍 마른 나를 보고 집에서 챙겨 왔다고 했다.

"살 쪄야제, 언능 먹어야?"

얼마 만에 맛보는 집에서 띄운 청국장인가? 이 리조트가 생긴 이래, 아니 이후에도 아침에 청국장을 끓여 식사를 하는 가족은 없을 것이다. 그 후 4일 동안 우리는 '구수한 청국장 냄새를 휘날리며' 제주 바닷가를 달렸다.

말순 씨는 나를 남편으로 착각한다

사랑이었다

경기도 양평에 사는 지인의 집에서 이틀 동안 술 마시고 집에 들어와 말순 씨에게 한마디 했다.

"우울증인 것 같아!"

다음날부터 하루도 외출을 못하면 온갖 짜증을 내는 말순 씨가 4일 동안 외출을 안 했다. 뒤 베란다로 난 방 창문을 조금 열어 놓고 수시로 내 상태를 체크했다. 잠을 잘 때도 방문을 연 후 내 방 쪽으로 시선을 두고 누웠다. 내가 잠들면 새벽에 소리 소문 없이 방에 들러 다시 상태를 살폈다. 가끔 내 얼굴에 귀를 대고 숨을 쉬고 있는지도 확인했다. 그랬다. 나의 지킴이였다. 사랑이었다.

안타까운
마음뿐

새해 첫날 아침식사 자리, 말순 씨가 말했다.

"사나이로 태어났으면 '사모관대'라도 한 번 입어 봐야 하는디. 니 신세가 참 처량하기 그지 없구만."

남자 1호 일랑 씨 기일, 말순 씨가 말했다.

"결혼해도 새끼는 낳지 말고 둘이 오순도순 살아야. 그 나이에 결혼하면 니가 환갑이 돼도 애가 중학생이여. 요즘은 직장도 언능 잘리는디 니 등골 빠져야."

말순 씨는 나를 남편으로 착각한다

친척 어르신 장례식장, 말순 씨가 말했다.

"결혼하는 게 그리 어려우면 하지 말어. 죽으면 조상님 찾아뵙고 집안 대를 잇지 못한 것은 다 내가 결혼하는 게 힘들면 안 해도 된다고 승낙한 거라고 말할 것이여. 그러니께 죄는 내가 달게 받겠다고 말할 것이여."

어젯밤 술자리, 말순 씨가 말했다.

"다 필요 없어야. 돈도 명예도 마누라도. 니는 허리도 부실하고, 직장도 부실하니 그냥 건강하게만 살아다오."

그랬다. 다시 40년 전 아이로 돌아갔다.

"공부 못해도 돼. 튼튼하게만 자라다오."

그래, 진짜 행복한 독神은 결혼에 기대지 않는다. 나에게도 늙은 마누라는 있으니까!

절 떡은
괜찮아

　　말순 씨는 일요일 낮에 친척의 결혼식과 환갑잔치 등 집안 경사
가 있어도 꼭 낮 예배를 가야 한다고 참석하지 않는 종교인을 이해하
지 못했다. 일요일 낮 예배가 메인인 것은 알고 있지만 가끔 있는 집안
일이라면 새벽이나 저녁에 예배를 보러 가면 안 되느냐는 신념을 가진
말순 씨가 매주 절에 가고 있다. 그나마 기독교는 대체로 일요일에만
교회에 가지만 불교는 오늘은 무슨 날이고, 이틀 뒤엔 뭔 날이라 가야
하는 등 시도 때도 없었다. 내 보기엔 기독교나 불교나 매한가지처럼
보였다. 한 가지 재미있는 건 말순 씨는 독실한 불자이기보다는 절 밥,
특히 절에서 나눠주는 떡에 관심이 많은 날라리 불자에 가까웠다.

　　　　　　　　　　　　　　　　　　말순 씨는 나를 남편으로 착각한다

"또 절에 가는 거야?"

"칠석이여."

"견우와 직녀가 일 년에 한 번 데이트하는 날에 왜 절에 가는데? 본인들이 데이트하러 가는 거 아니야?"

"니는 백날 얘기해 봐야 몰라야."

"좀 솔직해지지. 밥 차려주기 싫은 거 아니야?"

빈 집에 남아 곰곰 생각해보니 은근히 화가 치밀었다. 조계종 총무원장을 역임한 큰스님과 식사를 하고, 베스트셀러가 된 《조용헌의 사찰기행》을 직접 편집하고, 《불교미술기행》으로 조계종에서 선정하는 '올해의 불서'를 수상하는 등 여러 불교 관련 책을 만든 내가 아닌가. 또한 불교 서적만 수십 권 읽은 나를 백날 얘기해도 모르는 '무지한 아이' 취급을 하는 것이다.

말순 씨는 어김없이 오후 세 시가 되자 까만 비닐봉지를 들고 돌아왔다. 뱃가죽이 등짝에 붙을 정도로 배가 고팠지만 오기로 참았다. 1분, 5분, 10분, 15분, 20분을 기다려도 말순 씨는 밥은 먹었냐고 묻지 않았다.

"혼자만 밥 먹고 입 싹 씻을 거야?"

"아직도 밥 안 먹었어야? 혼자 차려 먹으면 손가락이 부러지냐."

삼시 세끼 집에서 밥 먹는 '삼식'이가 된 거 같아 기분이 꿀꿀했지만 '쪽팔림은 한순간 이익은 영원하다'는 진리를 믿으며 꾹 참았다. 잠시 후 밥 먹으라는 우렁찬 목소리가 들렸다. 식탁에 앉는 순간 내 눈을 의심할 수밖에 없었다. 너무 단출했다. 절편 세 개, 고구마 반 개가 담긴 접시 하나가 놓여 있었다.

"속 안 좋아. 글구 인생 떡 됐는데 또 떡?"

"절 떡은 괜찮아야. 속도 좋아질 것이고 일도 잘 풀릴 것이여."

"그게 뭔 소리야. 절 떡이 무슨 만병통치약이고 부적이야."

"일단 이걸로 허기부터 달래고…"

말순 씨는 제사를 지내고 음복을 하듯이 절 떡을 음복처럼 생각했다. 한마디로 절 떡에 공덕이 깃들어 있다고 생각한 것이다. 절에 다녀온 날이면 절 떡을 먹으려고 온갖 회유와 협박을 동원했다. 결과는 10전 10승. 한 예를 들면 저녁 술상에 안주로 절편만 내놓았다. 하는 수 없이 한두 개 먹으면 그때서야 다른 안주를 내놓았다. 이열치열 전법, 즉 떡 된 인생을 떡으로 풀라는 식이었다. 내 어찌 말순 씨의 마음을 모르겠는가. 예전에는 10분이면 걸어갈 거리를 이젠 30분 걸어야 겨우 도착할 수 있을 정도로 악화된 무릎으로 대웅전에서, 산신각에서 빌고 또 빌었을 모습이 안 봐도 눈에 훤했다. 그래, 평생을 좋은 일을 하며 덕을 쌓은 삶이 아닌가. 그러고 보니 새하얀 빛깔과 굴곡진 줄무늬의 절편이 말순 씨와 닮아 보였다. 다음부터는 말순 씨의 공덕이 깃든 절 떡에 큰절하고 먹을지도 모르겠다.

'말순 보살님, 다음에 떡 줄 때는 동치미 국물이라도 좀 주세요!'

말순 씨는 나를 남편으로 착각한다

'노숙자'와 '실업자'는 한 끗발 차

15년 직장생활. 나에게도 이런 인내심이 있을 줄이야 꿈엔들 알았겠는가. 항상 투덜투덜, 구시렁구시렁하지 않았던가. 그런 모습을 지켜보던 한 지인이 오죽했으면 이런 말까지 하지 않았던가.

"비 오는 날 땡중이 염불하듯 옹알이 하네."

오늘 아침은 평상시보다 심각했다. 요새 회사 꼴이 한 여직원 때문에 우습게 돌아가고 있었고, 사장은 여직원을 끝없이 옹호했다. 심증은 있었지만 물증이 없으니 어찌할 도리가 없었다. 절이 싫으면 중이 떠날 수밖에. 아무리 참고 넘기려 했지만 비도덕적인 사람들과는 함께 일을 할 수 없다는 생각에 사장한테 사표를 던지며 말했다.

"저 이대로는 일 못합니다. 저 찾지 마세요."

"푹 쉬다 언제든 오고 싶을 때 와."

난 사표를 던졌는데, 사장은 휴가를 가는 것처럼 간주했다.

"오늘부로 난 자연인이야."

낮에 집에 돌아와 말순 씨에게 말했다.

"그게 뭐여?"

"내일부터 회사 안 나간다고."

말순 씨는 단 한마디도 하지 않은 채 방으로 들어갔다. 잠시 후 《천수경》 외는 소리가 들렸다. 자유인이 된 기념으로 친구와 동네에서 술 한잔을 즐기고 있는데, 여자 1호에게서 전화가 왔다. 그새 여자 1호에게 전화해 신세한탄을 한 게 분명했다. 그런데 여자 1호의 첫마디를 듣고 귀가 뻥 뚫렸고, 머리가 띵해졌다. 마치 막힌 하수구멍이 '뚫어뻥'으로 뻥 뚫리는 것처럼 말이다.

"너 노숙자 됐다며?"

"그게 뭔 소리래?"

"엄마가 너 회사에서 잘려 노숙자 됐다던데. 내가 노숙자가 아니라 실업자라 말해줬지. 머리 안 좋은 애가 직장 다니느라 고생했다며 한마디 타박도 하지 말라고 하시드라."

그랬다. 말순 씨에게 있어 '실업자'는 곧 '노숙자'와 같았다. 한동안은 맘 편히 쉴 수 있겠다는 생각도 들었지만 한편으로 예전처럼 내가 회사를 관두면 이 집의 가장이 되는 말순 씨의 고달픈 삶이 시작되겠구나 싶어 마음 한구석이 무거워졌다.

새벽 1시 30분, 술을 왕창 마시고 집에 들어오니 평상시처럼 말순 씨가 방에서 나왔다.

"말순 씨, 노숙자 지금 들어왔어."

말순 씨는 아무 말 없이 부엌으로 가더니 밥상을 차렸다. 고개를 숙인 채 밥을 뜨는 둥 마는 둥 하다가 방으로 들어가며 한마디 했다.

"나 서울역에 잠자러 간다."

잠시 후 《천수경》 외는 소리가 들렸다.

부시우먼과는
못 살아

해가 어둑어둑해 질 무렵 말순 씨가 외출을 했다. 함께 사는 동안 저녁식사 시간이 다 된 시간에 외출은 처음이었다. 오전에 가락마트에서 소주와 담배도 사왔고, 시장에도 다녀왔다. 오후엔 노래 교실도 다녀왔다. 그렇다면 도대체 어디로 간 것일까? 노래 교실에 다니더니 남자가 생긴 것일까? 아니다. 늙은 남자라면 이를 가는 스타일이지 않은가. 여자 1호, 2호 집에 간 것일까? 아니다. 어제 집에 다녀가지 않았던가. 그렇다면 이모네 집에 간 것일까? 아니다. 좀 전에 한 시간 동안 매일 똑같은 안부 전화를 하지 않았던가.

말순 씨는 한 시간이 지나도 돌아오지 않았다. 전화를 해보았지만

말순 씨는 나를 남편으로 착각한다

핸드폰은 안방에서 외로이 울렸다. 저녁식사 시간이 지났는데도 나타나질 않다니 놀랄 일이다. 13년 동안 저녁식사 시간을 어긴 적이 한 번도 없지 않았는가. 여자 1호와 2호에게 전화를 해보았지만 행방을 알 길이 없었다.

라면을 먹을까, 소주를 마실까 고민하다가 본능대로 술상을 차렸다. 화가 조금씩 치밀어 올랐다. 두 시간이 흘렀다. 여전히 말순 씨는 집에 들어오지 않았다. 소주 한 병을 비웠다. 화가 치밀다가 걱정도 되었다가 만감이 교차했다. 그래, 오늘 전쟁이다! 오늘 말순 씨의 행동은 선전포고와 다름없다고 결론을 내렸기 때문이다. 그리고 남자가 생긴 쪽으로 생각이 굳어졌다.

30분 후 말순 씨가 집으로 돌아왔다. 왜 밥은 안 먹고 술을 마시냐고 타박했지만 대꾸도, 쳐다보지도 않았다. 방에 들어가 드라마 한 편을 보고 나오더니 떡볶이를 만들어 와 맞은편 자리에 앉았다. 전쟁을 시작하려는 순간 말순 씨의 얼굴을 보고 웃음이 터져 버렸다. 추억의 영화배우가 등장했기 때문이었다. 콜라병 하나로 전 세계 사람들의 배꼽을 뽑았던 부시맨, 아니 부시우먼이 눈앞에 앉아 있었다. 헤어스타일이 딱 부시맨과 똑같았다.

말순 씨는 며칠 후 사촌동생 결혼식에 참석하기 위해 파마를 하러 갔던 것이다. 왜 굳이 저녁에 파마를 하러 갔을까? 미장원 입구에 저녁 6시 이후 70세 이상 노인에게는 5천 원이 할인된다고 씌어 있는 문구를 보았고, 저녁에 가면 그날과 며칠 치의 신문을 얻어 올 수 있다나 어쩐다나. 여하튼 짱짱하게 만 파마머리를 본 순간 전쟁이고 나발이고 곧바로 휴전이 성사되었다.

"머리가 그게 뭐야. 꼭 부시맨 같잖아?"

"부시맨이 뭐여? 짱짱하게 말아야 오래 간단 말이여."

"창피해, 결혼식 같이 못 가. 다신 그 미장원에 가지 마. 그런 모습으로 애인이 생기겠어?"

"니가 얼마나 힘들게 번 돈인디 놀면서 펑펑 쓸 순 없는 것이여. 그리고 이 나이에 애인은 무슨. 남자라면 치가 떨려야."

이젠 웬만하면 택시를 안 타야겠다. 택시 요금이면 말순 씨의 미모가 조금 더 출중해질 테고, 드라마를 보지 못하는 사태가 벌어지지 않을 테니까. 부시우면 말순 씨의 짱짱하게 만 머리가 그 어느 꽃보다 향기롭고 아름다웠다.

내가 회사에서
잘리면 그녀는
가장이 된다

오래된 것들은 상처로 남는다.
그 상처는 흔적으로 남고,
그 흔적은 역사가 되지 않을까?
고생했다. 훗날 너의 가슴에 역사를 만든 거
다시 한 번 축하해.

낮 1시, 친한 형님으로 문자메시지 한 통을 받았다. 왈칵. 눈에서
땀이 났다.

저녁 11시, 한잔하고 집에 오니 말순 씨는 여느 때처럼 방에서 나

오더니 부엌으로 갔다.

"밥 말고 술 한잔 더 줘."

"내일 회사 가야 쓴디. 왜 또 술이여?"

"회사 관뒀어."

말순 씨는 아무 말 없이 술상을 봐 왔다. 이내 방으로 들어가더니 10분 후쯤 나와 맞은편에 앉았다.

"니가 관둔겨, 짤린겨?"

"관뒀어."

한참을 내 얼굴을 바라보더니 주머니에서 통장 여러 개를 꺼내 술상 위에 올려놓았다.

"뭔데?"

"우리 통장이여. 우리에게 지금 현금 ○○이 있응께 한 2년은 놀아도 문제없어야. 니 아버지 연금과 내 노인 연금 합치면 공과금, 아파트 관리비, 딱 밥만은 먹고 살 수 있고, 니가 한 달에 ○○씩만 용돈으로 쓰면… 그러니 아무 걱정 없어야."

10년 전, 5년 동안 다니던 잡지사에서 짤렸을 때도 말순 씨는 자칫 처참할 수 있는 상황을 아무 일 없이 넘겼다. 며칠 후 말순 씨가 어디론가 출근했으니까 말이다. 한 달이 될지, 일 년이 될지 모르지만 명확한 건 오늘부터 말순 씨는 이 집의 가장이 되었고, 난 자꾸 눈에서 땀이 났다. 자꾸.

그치지 않는 비는 없습니다.
그치지 않는 눈물은 없습니다.
그치지 않는 슬픔은 없습니다.
흉터는 상처를 이겨낸 증거가 아닐까요?
고민하는 힘?
아니 이겨내는 힘, 참된 힘입니다.

사업하느니
그냥 놀아

홧김에 사표를 던졌다. 고질병이었다. 난 일에 관해서 만큼은 타협을 하지 않았다. 더욱이 아부는 언감생심이었다. 그런 내 성격을 잘 아는 말순 씨는 말해봐야 소용없다는 것을 잘 알기에 사표를 던지고 짐을 싸서 집으로 오면 항상 거하게 술상을 차려주었다. 이번 경우에도 타부서 부서장의 음해를 참지 못해 며칠간 고민하다가 사표를 냈다. 역시나 오늘도 말순 씨는 짐을 싸가지고 들어오는 나를 안쓰러운 표정으로 쳐다보다가 아무 말 없이 술상을 차렸다.

"고생했어야. 니 성격에 가족 먹여 살리려고 오랫동안 직장 생활을 한 거 보면 기적이여."

말순 씨는 나를 남편으로 착각한다

말순 씨는 어김없이 맞은편에 앉으며 예전처럼 내 마음을 달래려 애를 썼다. 어찌 예전과 토시 하나 안 틀리고 똑같은 멘트를 날리는지. 말순 씨는 한 시간째 맞은편에 앉아 막장 드라마 속 주인공을 욕하듯이 음해한 사람에게 욕을 하다 못해 저주를 퍼부어댔다. 이제 그만 얘기하라고 해도 멈추지를 않았다.

"모아놓은 돈 좀 있나?"

"밥은 먹고 살 수 있어야. 니 아버지 연금하고 내 노인 연금이면 공과금 내고 밥까진 먹을 수 있응께."

말순 씨는 밥은 먹고 살 수 있으니 걱정마라는 듯 결연한 태도로 말했다.

내 질문의 의도는 그게 아니었다. 이 참에 사업을 해보기 위해 의사를 타진한 것이었다. 말순 씨도 내 말의 의도를 알고 있었지만 애써 외면하려고 했다. 그도 그럴 것이 말순 씨와 난 사업 하면 빚과 연관되어지는 공통의 아픔이 있었다.

그랬다. 남자 1호 일랑 씨는 빚을 유산으로 남기고 하늘나라로 떠나버렸다. 살아생전에 공무원 스타일이었지만 두세 번 사업을 하다가 망한 후 조용히 이름 모를 회사에 다녔다. 사업을 할 때는 장을 볼 돈, 학용품까지 일일 탔어야 할 만큼 돈을 직접 관리하더니 얼마 안 되는 너무 뻔한 월급을 받을 때부터는 전권을 말순 씨에게 일임했다. 남자 1

호 일랑 씨가 하늘나라로 떠난 후 7년 만에 빚을 청산한 우리는 굶어
죽을지언정 빚은 안 진다는 신념으로 살아왔다. 말순 씨가 방에 들어
오더니 통장 하나를 내밀었다. 사업 자금을 주는 줄 알고 냉큼 받아
액수를 확인했다. 사업을 할 수 있는 액수가 아니었다. 그렇다고 용돈
수준도 아닌 애매한 액수였다.

"사업하느니 그 돈으로 여행을 가든지 술 사먹든지 해야. 그나마
있는 집 한 채 날리지 말고 그냥 놀아야. 돈 벌어오란 말 안 한당께."

그날 이후 사업에 대한 그리움이 다 마를 때까지 쥐 죽은 듯 지
냈다.

말순 씨는 나를 남편으로 착각한다

소설가
말순 씨

말순 씨는 강했다. 강해도 보통 강한 게 아니었다. 특히 큰일에는 더욱 강했다. 예로 몇 가지 들어 보면 다음과 같다.

남자 1호 일랑 씨가 숨을 거두자 가족들이 일제히 눈물을 쏟을 때 침대 위에 올라가 있던 말순 씨는 조용히 내려오더니 차분히 짐을 싸고 "다 끝났어야"라는 한마디 말만 남기고 장례식장으로 내려갔다. 남자 1호 일랑 씨의 사업이 망해 부엌도 없는 방 두 개짜리 집으로 이사를 갈 때도, 내가 대학을 주구장창 떨어질 때도, 회사에서 잘렸을 때도, 사표를 던지고 집에 돌아올 때도 말순 씨는 아무 말이 없었다. 가족 앞에서 약한 모습을 보이지 않으려고 참는 마음이 오죽했을까?

내가 잡지사 기자를 할 때 말순 씨는 평생 안 읽던 잡지와 신문을 읽었고, 문학, 인문분야 출판사의 편집장으로 직장을 옮기자 소설책과 시집, 인문서를 읽었다. 자기계발서를 만드는 출판사로 직장을 옮기면 자기계발서를 읽었고, 교육 관련 출판사로 직장을 옮기면 교육서를 읽었다. 웬만한 대학생보다 책을 많이 읽었고, 이젠 신문을 보다가 책 광고가 나오면 그 책을 구입해 달라고 요청해오는 수준에 이르렀다. 여하튼 말순 씨는 남자 1호 일랑 씨가 하늘나라로 떠나자 집안의 종부이자 큰 어른으로, 내가 직장을 다닐 때는 가정주부로, 직장을 관두면 집안의 가장으로 변신했다. 하지만 이번엔 좀 의아한 직업으로 바꾸었다. 내가 직장을 관두고 글을 쓰자 본인도 무언가를 종이에 끼적거리는 것이었다.

"뭐 쓰는데?"

"소설. 내 평생 겪은 파란만장한 이야기를 써보려고 해야."

"그거 써서 뭐하게?"

"나중에 내 이야기 써서 니 돈 많이 벌라고 정리해두는 것이여."

"글 쓰다가 병 나. 이미 듣고 보아서 다 알고 있으니 그만 써."

그랬다. 말순 씨는 이번에도 내 직업에 맞춰 직업을 바꾸었다. 젊은 내가 글을 써도 머리가 지끈지끈 아픈데, 저걸 쓴다고 잊고 싶은 과거를 되살려내 쓰는 말순 씨의 마음은 어쩔 것인가. 또다시 만병의 근

말순 씨는 나를 남편으로 착각한다

원이 될 수는 없었다.

"직장 구할게!"

말순 씨는 잠시 내 얼굴을 쳐다보다가 아무 말 없이 방으로 들어갔다. 《천수경》 외는 소리가 들렸다.

세상에서 가장 강한 사람은
엄마입니다.

행복한
술상

　하루 종일 방구석에 틀어박혀 글을 쓰고 있는데 말순 씨의 목소리가 들렸다. 거실에 나가보니 말순 씨가 술 이야기를 꺼내기도 전에 계란말이, 불고기, 단무지 사놓고 잊고 안 넣은 맹맛 김밥에 오이냉국 등 술상을 차려 놓았다. 참 별일이었지만 이 불안한 마음은 무엇일까?

　"안 되는 머리로 글 쓰느라 고생이 많아야?"

　혹시나 했더니 역시나였다. 고마운 마음이 잠깐 들다가 은근히 화가 치밀었다.

　"누구 머리 닮아 개고생인데?"

　"내 머리 닮았응께 그나마 글이라도 쓰는 것이여! 쉬어 가면서 해

　　　　　　　　　　　　말순 씨는 나를 남편으로 착각한다

야, 소주 한잔하며 머리 좀 식히랑께."

'집 안에 약사여래가 있었군! 만병통치약을 주시네.'

그래도 욕 안 먹고 술상을 받았으니 참을 수밖에. 쪽 팔린 것은 한순간이지만 이익은 영원하다고 하지 않던가.

忍, 忍, 忍 다음에 人이 되는 걸까? 큰 깨달음 주시네. 나무아미타불 관세음보살.

세상에서
가장 슬픈
음악

참된 마음은 어디에서 볼 수 있을까? 어느 날 문득 가까운 곳에서, 무심히 지나쳤던 것에서 그 모습을 발견할 때면 내가 얼마나 무심한 사람이었는지 새삼 놀라게 된다.

어느 날, 현관 벨을 눌러도 집 안에서 인기척이 들리지 않았다. 몇년에 한 번 있을까 말까 한 일이라 혹 무슨 일이 생겼는지 걱정스러워 급히 가방 속에 처박아 놓은 열쇠를 찾아 현관문을 열고 말순 씨의 방으로 향했다. 안방 문을 열고 한참을 서 있을 수밖에 없었다. 말순 씨가 옷도 갈아입지 않고 이불도 깔지 않은 채 밥상 한쪽에 팔베개를 하

말순 씨는 나를 남편으로 착각한다

고 입을 반쯤 벌린 채 잠을 자고 있었다. 숨소리에서 말순 씨의 힘든 하루가 묻어나는 것 같아 조용히 방문을 닫고 내 방으로 돌아왔다.

해뜨기 이른 시간, 여느 때처럼 '딱딱' 바닥까지 끌어내린 소리가 반복적으로 울렸다. 평상시엔 무심히 넘겼는데, 오늘따라 너무 궁금해진 난 방문을 조금 열고 부엌 쪽을 내다보았다. 내 방 바로 옆 부엌 형광등을 끄고 마루 형광등만 켠 채 싱크대 앞에 서 있는 말순 씨의 뒷모습이 보였다. 잠시 후 그 소리의 궁금증이 풀리는 동시에 가슴이 저려왔다. 말순 씨의 오른팔이 너무도 천천히, 조심스럽게 상하로 움직일 때마다 '딱딱' 소리가 들렸다. 말순 씨는 내가 잠에서 깰까 봐 값비싼 도자기를 어루만지듯 두부와 감자를 썰고 있었고, 까치발을 든 채 이슬비보다 가늘게 부엌을 오갔던 것이다. 방문을 닫고 해가 들 때까지 눈을 감고 있었다.

뚝배기에 끓인 된장찌개가 아침 식탁에 올라왔다. 한참 동안 뚝배기 속을 멍하니 들여다보았다. 도자기보다 더 조심스레 어루만지던 두부가 동동 떠 있었다. 두부 위로 방울방울 찌개가 끓어오른다. 맞은편에 앉은 말순 씨는 무슨 말을 하려다 자꾸 머뭇거렸다. 순간 말순 씨의 눈에 담긴 커다란 물방울을 보았다.

"미안하다. 밖에서 뼈 빠지게 일하고 온 니가 들어온 줄도 모르고 잠만 자고 있었으니… 니 아버지 살아 있으면 난리가 났을 텐디…"

말순 씨는 애써 눈물을 참으려는 듯 입술을 질끈 깨물었다.

"별일도 아닌 걸 가지고 뭘."

난 고개를 숙인 채 뚝배기에 담겨 있는 그렁그렁 떠 있는 두부만 내려다보며 아무 말도 하지 못했다. 말순 씨 눈에 맺힌 커다란 물방울, 애써 참는 그렁그렁 맺힌 그 마음….

약은 항상
2인분

평일 오후 2시, 요즘 말순 씨의 외출 시간이 점점 길어지고 있다. 서로의 사생활 차원에서 행선지를 묻지 않는 게 이 집의 불문율이지만 내가 회사를 관둔 이후 부쩍 외출이 많아진 것이 이상했다. 오늘도 네 시간 안에는 집에 돌아오지 않을 것이다. 도대체 무슨 일이 그리 많은지, 왜 이 뙤약볕에 외출을 하는지 속마음을 알 길이 없었다. 심지어 아침에 일어나면 식탁에 쪽지 한 장 남겨두고 집을 비운 적도 한두 번이 아니었다.

'나 나간다. 밥 차려 놨다. 꼭 먹어라.'

백수가 무슨 말을 하랴. 돈을 벌지 못하는 가장의 마음이 이해가 됐다. 대충 밥을 먹고 노트북 앞에 앉았지만 심란해 단 한 줄도 써지지 않았다. 아내에게 외면당하는 60대 퇴직자의 마음이 이럴까? 여하튼 모든 권한을 박탈당한 찌꾸래기가 된 기분이었다.

다섯 시간 후 말순 씨가 돌아왔다. 마치 여왕의 귀환처럼. 심장에 기스가 났지만 한마디 말도 못한 채 무사 귀환을 환영했다. 말순 씨는 다시 드라마의 세상으로 떠났고, 난 수박 한 덩어리에 소주를 마셨다. 정확히 한 시간 후, 말순 씨가 비닐봉지를 들고 나오더니 맞은편에 앉았다.

"도대체 다섯 시간 동안 뭘 하며 다녀?"

"나도 갈 데 많아야. 글고 오늘은 니 땜시 못 놀러 갔어야."

"나 때문에?"

오늘 말순 씨는 병원 투어를 했단다. 어제 눈이 아프다고 술김에 말했더니 증상을 적어 놓은 것 같았다. 평상시 아픈 곳이 같다 보니 겸사겸사 병원에 갔다 왔다고 했다. 술상에 약을 쭉 늘어놓고 2등분을 했다. 감기약, 눈약, 허리약 그리고 파스 등등. 그러니까 다섯 시간 동안 세 군데 병원을 다녀온 것이다. 오죽했으면 의사가 아들은 왜 한 번도 병원에 오지 않냐고 질문을 했을까. 그때마다 그 아이는 일이 바빠서 자기가 대신 왔다고 대답을 했단다.

"돈 다 필요 없어야. 세상이 무너져도 우리 둘만 건강하면 돼야."

말순 씨의 씩씩한 말에 왠지 모르게 고개가 숙여졌다.

말순 씨는 나를 남편으로 착각한다

기네스 맥주와
숙성된 콜라

요새 말순 씨는 하루에 두 시간씩 소리 소문 없이 사라졌다. 분홍색 점퍼와 하늘색 바지를 입고 빈 배낭을 멘 언밸런스 극치의 차림을 하고 말이다. 그리고 두 시간 후 어김없이 빈 배낭에 무언가를 담고 들어오자마자 뒤 베란다, 즉 비밀창고로 직행했다.

오늘도 말순 씨는 유치찬란한 옷차림을 한 채 방문을 열고 나왔다. 어디에 가냐는 질문을 맛나게 씹어 드시고 바람처럼 사라졌다. 한 지붕 아래 살면서 숨기고 싶은, 아니 숨겨야만 하는 비밀이 생긴 걸까? 두 시간 뒤 한 짐 배낭을 메고 돌아와 비밀창고로 직행했다.

"오늘은 그냥 안 넘어가. 도대체 매일 어딜 다니는 거야."

"징하게 더워야."

"딴소리 말고. 이대론 못 살아. 남자 생긴 거야?"

"추접스런 말 허덜 말어."

"옷차림은 그게 뭐야. 봄날 바람난 것처럼."

순간 '바람'이란 단어에서 멈칫했지만 이미 엎질러진 물이니 어쩔 수 없었다.

"화사하기만 하구만. 내가 니 아버지냐. 바람은 무슨…."

다음 날, 말순 씨는 이젠 유니폼인 양 어제와 같은 옷차림을 한 채 현관문을 나섰다. 난 기다렸다는 듯이 말순 씨의 비밀창고로 들어갔다. 이사 온 후 처음 들어가 보는 그곳. 웬만한 시골집 곳간이 연상될 정도로 다양한 곡물들이 쌓여 있었다. 쌀을 필두로 깨, 소금 한 포대. 말린 고추, 참기름 세 병, 귀신 머리처럼 널려 있는 시래기. 콩, 팥, 북어, 진미채 등 식재료 가게를 차려도 될 성싶었다. 하지만 배낭에 숨겨와야 할 만큼 중요한 물건은 없었다. 그때, 뚜껑 위에 커다란 돌이 놓인 항아리가 눈에 들어왔다. 항아리 뚜껑을 연 순간 기가 막혔다. 정녕 이것이었단 말인가. 왜 이걸 항아리 안에 넣어 두었던 것일까? 매일 일정한 시간에 외출해 숨겨 들어올 정도로 중요한 것이었을까? 여하튼 두 시간 후 말순 씨가 돌아왔다.

"콜라를 왜 항아리에 왜 숨겨둔 거야? 숙성시키려고? 12년산 콜

말순 씨는 나를 남편으로 착각한다

라 만들려고?"

"테레비 봉께 항아리는 공기가 통해 좋다더만."

"매일 저거 사러 나간 거야?"

"그 시간에 가면 20퍼센트 싸게 판당께."

"몇 백 원 아끼려다 병원비가 더 나가. 콜라 중독돼."

"니 마시는 술만 하것냐. 근데 요새 니가 마시는 술은 왜 색깔이 까만겨."

"흑맥주."

"그건 얼마냐? 싸냐? 비싸냐?"

"침 맞는 비용보단 적어."

내심 팍팍 찔렸지만 당당하게 말하고 방으로 튀었다.

최근 동네에 생긴 마트에서 공격적인 마케팅 차원으로 매시간 특정 물품을 싸게 팔고 있었던 것이다. 하루 두 잔의 콜라를 마셔야 그나마 속이 조금이라도 뚫린다는 말순 씨. 어릴 적 수없이 가슴을 치던 모습을 떠올려 보니 탄산의 청량감이 조금이나마 타는 가슴을 시원하게 해주리라, 그 속이 헤아려 졌다. 그렇다고 몇 백 원 아끼려고 먼 거리를 콜라 1.5리터짜리 두 개를 배낭에 메고 다니다니.

'항아리 속에 담긴 콜라도 세월이 흘러 숙성되면 말순 씨의 인생만큼 깊은 맛이 날까?'

행복은
오래 묵힌 김치처럼
잊고 뒤돌아섰을 때 저절히 느껴지는 것

말보로를 입에 문
서부의 쌍권총

　말순 씨는 점심식사를 한 후 어김없이 외출을 했다. 말은 운동하러 나간다지만 어디로 가는 것일까? 몇 개월 전부터 서재 컴퓨터 옆에 말보로 담배가 네 갑씩 놓여 있었다. 두 갑이 없어지면 다시 두 갑이 채워졌고, 만약에 다 없어지게 되면 한 번에 네 갑을 사오는 식이었다.

　"담배 안 사다줘도 돼."

　말순 씨 말에 의하면 남자가 트레이닝복 차림으로 슈퍼에 들락날락하는 모습이 제일 보기 싫다고 했다. 심지어 너처럼 글 쓰는 사람이 사람들에게 우습게 보이면 안 된다나 어쩐다나. 핑계는 그럴싸했지만 속내는 하루 담배 피우는 양을 정확히 알기 위한 방법이라는 것을 모

르는 바 아니었다. 그래서 담배 피우는 양을 들키지 않기 위해 여분의
담배를 가방 속에 숨기고 다녔다.

말순 씨는 오늘도 어김없이 어깨에 멘 작은 가방에서 담배 네 갑
을 꺼냈다. 한 가지 여느 날과 다른 점은 양쪽 바지주머니에서 소주 한
병씩을 꺼내는 게 아닌가. 그 모습이 꼭 쌍권총을 뽑아드는 서부의 무
법자처럼 보여 실소를 금치 못했다.

"무슨 서부의 무법자야. 말보로 담배를 입에 문 쌍권총?"

"니가 예전엔 소주를 한 병씩 마시더니 요새는 두 병씩 마시니
까…."

말순 씨는 잡지사 기자와 출판사 편집장을 지냈지만 이젠 백수나
다름없어진 아들의 현실을 인정하고 싶지 않을뿐더러 끝까지 나에 대
한 희망을 버리지 않고 지켜주고 싶었던 것이다.

말순 씨는 아마 내일도, 모레도 말보로 탄창을 가방에 넣고 쌍권
총을 찬 서부의 무법자처럼 동네 사람들의 소리 없는 시선과 뒷말을
제거하기 위해 순찰을 돌 것이다.

말순 씨는 나를 남편으로 착각한다

말순 씨가
술병 났다

　　말순 씨는 매일 작은 손가방을 들고 외출했다. 그때마다 정형외과
에 들러 물리치료를 받았고, 세 시간 후 집으로 돌아와 서재에 들렀다
가 뒤 베란다로 갔다. 항상 외출하고 돌아오면 똑같은 동선으로 이동
했지만 별 대수롭지 않게 생각했다. 오늘도 말순 씨는 두 시간 만에 돌
아와 똑같은 동선을 밟고 방으로 들어갔다. 한 가지 다른 점은 돌침대
에 불을 올리고 드러누워 끙끙 앓고 있다는 것이다. 정형외과에 가서
물리치료도 받았는데 왜 갑자기 허리와 무릎에 탈이 난 것일까? 뒤 베
란다에 가보니 모든 궁금증이 풀렸다. 소주가 있는 자리에 두 병이 추
가되어 있었다.

여느 때처럼 술을 마시고 있는데, 해가 지자 말순 씨가 방에서 나와 맞은편에 앉았다.

"무거운 거 들면 안 될 텐데? 나도 허리 병엔 일가견이 있어."

"뭔 소리여?"

"물리치료 받으면 뭘 해. 앞으로 소주 사오지 마. 왜 주머니에 두 병씩이나 넣어 오는 거야."

허리는 아파 본 사람만이 그 고통이 얼마나 끔찍한지 알 수가 있다. 허리가 끊어질 듯 아플 때는 종이 한 장만 들어도 고통이 심한데, 소주 두 병이라니! 술이 웬수였다. 심지어 분리수거를 하는 날이면 말순 씨는 소형 커터로 술병을 두 번이나 날랐다. 경비아저씨가 매주 잔치가 있냐고 물어봤다는데 더 할 말이 있겠는가.

"집에서 술 안 마실게."

"나도 커피를 몬 끊는디 어떻게 술 마시지 말라고 하것냐. 요새 니 마음이 말이 아닐 텐데."

내가 누구에게도 주지 않는 것이 딱 한 가지가 있다. 바로 파스! 제주도에서 지낼 때도, 서울에 있을 때도 간장약, 위장약, 소화제, 감기약 등 가방에 가지고 다니며 아픈 사람이 있으면 누구든 먼저 건넸다. 그 후 주위 사람들은 나를 동네 약방처럼 애용했다. 하지만 파스만은

말순 씨는 나를 남편으로 착각한다

예외였다. 중학교 시절부터 허리가 아팠기 때문에 파스만은 내 몸의 일부처럼 아꼈다. 얼마 전 입수한 일본 파스가 떠올랐다. 약효가 그만이었다.

"방으로 같이 들어가자!"

그날 우린 서로의 허리에 부황을 떠주고 말순 씨의 허리에 일본 파스 두 장을 떡하니 붙여 주었다.

"징하게 시원하구만. 한의원에서는 두 개밖에 안 떠주는디."

말순 씨는 술병이 났다. 그리고 난 새로운 이름을 얻었다.

'만근이.'

말순 씨의 '만병의 근원.'

사람 속을
아는 여자

일요일 아침, 어제 술을 마셔 속이 쓰렸다. 이른 아침부터 부엌에서 뚝딱뚝딱 말순 씨 칼질 소리가 아침잠을 깨웠다. 내심 어제 먹었던 쇠고기 무국을 기대했다. 밥 먹으라는 말순 씨의 앙칼진 목소리가 들렸다. 비빔국수가 밥상에 놓여 있었다. 어제 내가 술 마신 것을 잊었을까? 그래, 어쩌면 해장보다 매콤한 게 입맛 돋을 수도 있겠구나 싶어 군말 없이 먹었다. 결론은 탁월한 선택이었다. 차고 매콤한데다가 오이가 시원했고, 계란 두 쪽을 먹으니 속도 든든했다.

일요일 낮, 점심식사로 김밥과 잔뜩 졸은 김치찌개가 나왔다. 죽으

말순 씨는 나를 남편으로 착각한다

라는 얘기보다 더 무서웠다. 더욱 놀라게 만든 건 둘이 사는 집인데 김밥의 양이 어마어마했다. 삼시세끼 김밥으로 때우란 뜻인가? 일단 먹었다. 결론은 탁월한 선택이었다. 짭짤한 김치찌개를 먹자 머리에서 땀이 샘물처럼 솟아났다. 술 냄새가 났다. 머릿속이 맑아지고 술이 깨는 것 같았다. 말순 씨 김밥은 말해 무엇하랴. 삼삼하게 만들어서인지 두 줄이나 먹었다. 남은 김밥은 어찌하랴. 말순 씨의 속마음 모르랴. 김밥 두 줄, 젓가락 두 개 가지고 어여쁜 색시 보쌈하러 집 뒤 북한산에 소풍이라도 갔다 와야겠다.

일요일 저녁, 방에 누워 TV를 보는데 부엌에 지지고 볶는 소리와 함께 여러 음식 냄새가 솔솔 풍겼다. 여자 1, 2호 식구가 놀러 오는 것도 아닌데, 도대체 뭘 만들기에 온 집 안을 음식 냄새로 가득 채우는지 그 마음을 도무지 알 수가 없었다. 밥 먹으라는 소리에 부엌으로 나가보니 제육볶음과 자반고등어, 게장과 열댓 가지의 반찬, 시원한 무국 차려져 있었다. 잡채만 있었으면 잔칫상이었다.

"뭔 날이래?"

"이제 속은 좀 괜찮냐잉…"

말순 씨는 어제 술을 마셔 아침과 점심에 어떤 음식을 줘도 먹는 둥 마는 둥 한다는 것을 수십 년의 경험으로 알고 있었다. 그럴 바에야 속은 좀 쓰려도 맛이 강한 음식을 차려 입맛이 돌게 하려 했고, 속이 진정된 저녁에 좋아하는 음식을 차려 조금이라도 더 먹게 하려고 했던 것이다. '북어가 사람 속을 안다'는 어느 광고 카피가 딱 들어맞는 날이었다. 술도 못 마시는 말순 씨가 사람 속을 알고 있구나!

난 그녀의 사랑으로부터
자유로울 수가 없나 봅니다.
그녀는 내 마음 속에
암자 하나를 짓고 사는가 봅니다.

미안한 마음,
고마운 마음

외할머니께서 드시다 남기신
고구마 생각에 잠이 쉬이 오지 않는 밤
말똥말똥!
머리맡, 교자상에 놓인
고구마 두 개
개미들이 떼 지어 지나간다
외할머니의 마른기침 소리
두근두근!
얼른 한 입 베어 물고

개미집 구멍 앞에 놔두었다

친한 지인이 집으로 찾아왔다. 말순 씨는 20여 명의 손님 술상을 수없이 차려왔던 터라 한 명쯤은 아무 문제 없다는 듯이 술상을 차리기 시작했다. 우선 추운 날씨에 찾아온 지인을 위해 뜨거운 물 한 잔을 내왔다.

"춥지요? 보리차와 옥수수를 함께 끓인 물이에요. 몸에 좋아요."

지인은 보약 먹듯이 호호 입김을 불며 한 방울도 남김없이 마셨다. 잠시 차를 마시는 모습을 지켜보던 말순 씨가 환한 미소를 지으며 다시 대접에 차를 가득 따라주었다.

"언 몸이 풀리지요. 한 잔 더 마셔 봐요. 몸에 좋아요!"

말순 씨는 상다리가 부러질 정도 한 상 거하게 차려주고 혼자 식탁에 앉아 밥에 물을 말아 김치 하나에 식사를 한다. 함께 먹자고 권해도 요지부동이었다. 술 한잔을 하며 말순 씨 식사하는 모습을 바라보았다. 문득 어릴 적 외할머니가 생각났다. 뭐든지 손주들에게 다 내주는 외할머니의 마음! 어느새 말순 씨가 그 나이의 할머니가 되어 있었다.

'저 차 한 잔은 말순 씨의 정이 담겨 있어 따뜻하구나.'

지인이 집으로 돌아가고 거실에 앉아 창밖을 보는데 자꾸 "몸에 좋아요!"라는 말이 귓가에 맴돌았다. 겨울이었다.

누군가에게 따듯한 사람이 된다는 것,
그녀의 마음속엔 천 개의 별이 떠 있나 봅니다.

적과의
아침식사

일요일 아침, 말순 씨 《천수경》 외는 소리에 눈을 떴다.

북한산 바라보며 담배를 피우고 있을 때 기적이 울렸다. 밥상에 김장을 담글 때 넣어두었던 3개월 익은 무와 냉이국이 나온 것이다.

"그 향기 참!"

겨울과 봄 사이, 두 계절을 몸 안에 넣는다.

'내 몸 안에서 꽃을 피워야지.'

"아들, 커피 마시자."

군말 없이 커피 향기가 풍기는 쪽으로 시선을 둔다.

말순 씨의 마음 향기! 그래, 모든 향기에는 이유가 있었다.

말순 씨는 나를 남편으로 착각한다

보석 같은
사람

어릴 적, 해가 뉘엿뉘엿 질 때쯤이면 기다림의 시간이 시작된다. 하늘이 붉게 물들면 전봇대 밑에 쪼그리고 앉아 언덕 밑을 수시로 내려다본다. 5분, 10분⋯ 뱃속에선 귀뚜라미가 울어대고 전봇대의 백열등이 하나 둘 켜진다. 회사에 출근했던 이웃집 아저씨들이 집으로 돌아오고, 동네를 휘젓고 다니던 강아지들도 하나 둘 집으로 돌아간다. 지나가던 아저씨가 말을 걸어왔지만 대답을 하지 않고 주머니 속에 넣어둔 돌멩이를 움켜잡는다. 저 언덕 밑에서 낯익은 사람이 한 손에 지팡이를 짚고 느린 걸음으로 절뚝거리며 올라온다. 너무 반가워 단박에 뛰어 내려가 품에 안긴다.

"할아버지, 왜 이렇게 늦게 오는 거야."

"음, 오늘 할아버지가 기분이 좋아 술 한잔했지."

경로당에서 마신 술 한잔에 기분이 좋아진 할아버지가 환한 미소를 지으며 얼굴에 뽀뽀를 한다. 진한 소주 냄새가 확 풍기고, 까칠한 할아버지의 수염이 얼굴에 닿자 화들짝 놀란다.

집 앞, 구멍가게 이르자 시선은 아이스크림통에 꽂힌다. 할아버지는 조그만 까만색 동전지갑을 꺼내 아이스크림 하나를 사주신다. 할아버지의 까만색 동전지갑은 내게 아이스크림을 뽑아내는 알라딘의 요술램프였다. 하얀색 아이스크림을 입에 넣는 순간 무섭고 지루했던 기다림의 시간이 사르르 녹아내렸다. 지금도 아이스크림을 먹을 때면 어릴 적, 할아버지의 모습이 떠오르곤 한다. 내 유년의 행복과 함께.

토요일 오후, 어제 마신 술기운 남아 속이 울렁거렸다. 그러고 보니 한 끼의 식사도 하지 못했다. 거실에 나가자 말순 씨는 열무를 다듬고 있었다. 날씨가 푹푹 쪘다. 물 한 잔 마시고 소파에 드러누워 헛구역질을 하자 말순 씨가 한마디 했다.

"뭔 술을 그리 많이 마시는 것이여. 니가 살려는 것이여, 죽으려는 것이여?"

"외로워서 마셨어."

"그놈의 외로움은 잠들지도 않는가 보구만. 허구한 날 외로운 거

말순 씨는 나를 남편으로 착각한다

보니께."

말순 씨는 열무김치를 다듬다 말고 부엌으로 가더니 보석바와 브라보콘을 들고 왔다.

"해장해야."

말순 씨와 난 소파에 나란히 앉아 아무 말 없이 아이스크림을 먹었다. 보석바를 한 입 깨물어 먹을 때마다 속이 시원해졌고, 몸의 열도 조금씩 내려갔다. 말순 씨는 어린아이처럼 브라보콘을 혀로 핥아 먹었다. 아이스크림은 먹는 순간만큼은 나라, 부, 나이, 성별에 관계없이 어린 시절로 돌아갔다.

말순 씨는 해장국으로 달랠 수 없는 속을 잡는 고수들만의 해장법을 알고 있었다. 남자 1호가 알려줬던 것일까? 내 기억에 남자 1호가 술 마신 다음 날 아이스크림을 먹는 걸 본 적이 없다. 그는 우유, 날계란, 아니면 노루모 내복액으로 해장을 했다. 그럼 누가 알려준 것일까? 말순 씨는 허구한 날 술 마시고 들어오는 내게 줄 해장용 아이스크림을 냉동실에 가득 채워 놓는다. 여하튼 난 보석바로 속을 달랬고, 말순 씨는 더위를 달랬다.

한편으로 생각했다. 아이스크림이 녹아내리는 것처럼 말순 씨의 피로와 삶의 고단함도 녹아내리기를. 말순 씨는 알라딘의 요술램프를 가진 보석 같은 사람이구나.

말순 씨는
상상 영양실조 중

　난생처음 아침 식탁에 돼지고기 두루치기가 올라왔다. 어제 술을 마셔 속도 안 좋거늘 말순 씨는 무슨 생각으로 평생 안 하던 행동을 하는 것일까? 혹 술 마신 게 미워 아침부터 매운 두루치기 먹고 속 뒤집어지라는 심보인가? 예전에도 한 번 연작으로 술 마시고 외박을 하니 아침 식탁에 떡볶이가 나온 적이 있었다.

　"아침부터 웬 고기?"

　"그냥 속이 허해서 볶아 봤어."

　밥을 서너 수저 뜨는 둥 마는 둥 하다가 동치미 국물만 한 대접 마신 후 자리에서 일어나자 말순 씨의 한마디가 뒤통수에 꽂혔다.

"니는 싸가지가 닷돈어치도 없는 놈이여. 아침부터 힘들게 만들어 놓게 한 점도 안 먹는구마잉. 누굴 탓하것어."

점심식사 때도 불고기와 장조림이 올라왔다. 평생 육식을 좋아하지는 않는데다가 치아가 안 좋아 고기는 안 먹더니 두 끼니를 고기반찬을 올리다니 알다가도 모를 일이었다.

설마 저녁식사엔 고기가 안 올라오겠지. 하지만 설마가 사람 잡았다. 저녁엔 삼겹살을 구워 먹자고 하는 게 아닌가. 꾹 억눌렀던 감정이 폭발하고 말았다. 아니 무슨 원시시대 사람도 아니고 매끼니 고기를 먹는다는 말인가. 고기를 보는 순간 밥맛이 떨어졌다. 베란다에서 소주를 한 병 가지고 왔다. 냉장고에 찬 소주가 있었지만 왠지 노지로 마시고 싶었다. 소주를 서너 잔 마시다가 말순 씨에게 한마디 했다.

"같이 살면서 일방적으로 식단을 정하는 건 좀 심하잖아. 한 끼도 아니고 세 끼나 고기 반찬을 올리다니, 무슨 고기 못 먹어 환장한 귀신 들린 거야?"

웬일인지 선전포고를 했음에도 아무 반응이 없었다.

"이럴 거면 헤어져. 더 이상은 못 참아!"

그때서야 말순 씨가 조용히 방으로 들어가더니 흰색 봉투를 하나 들고 나왔다.

"요새 하도 머리가 어질어질해서 병원에 갔더니만 영양실조라고 하더만…"

술이 목구멍에 걸렸다. 아니 매일 고구마 두 개, 옥수수 두 개, 삼시 세끼 꼬박꼬박 밥을 먹으면서 영양실조라니 믿을 수가 없었다.

"설마, 살이 빠진 것 같지도 않은데, 몸무게 몇 키로야?"

"61키로."

"예전엔?"

"61키로."

"처녀시절엔?"

"61키로."

"무슨 영양실조가 몸무게가 똑같아. 상상 임신처럼 괜히 고기 먹고 싶어 거짓말 하는 거지?"

"애가 참말로 내 말을 안 믿네잉. 의사 선상님이 그랬당께. 영양실조라고잉…."

말순 씨는 정말 영양실조였다. 말순 씨의 말에 의하면 생선 좀 먹으려고 하면 내가 냄새 나서 싫다고 말하고, 고기 좀 먹으려고 하면 회사에서 많이 먹었다고 안 먹고, 반찬 좀 해 먹으려고 하면 어제 술 마셔서 입맛이 없어 안 먹는다고 했다는 것이다. 그래서 만날 혼자서 물에 밥 말아서 김치 하나에 밥을 먹었다고 했다. 할 말이 없었다. 난 고기를 좋아했지만 잦은 술자리로 고기가 물렸고, 생선은 그리 좋아하지 않았다. 하지만 말순 씨는 고기는 좋아하지도 않고, 생선은 어

말순 씨는 나를 남편으로 착각한다

릴 적부터 좋아해 몇 달 전까지만 해도 하루에 두 마리씩 먹곤 했었다. 의사가 한동안 고기와 생선을 매일 먹으라고 했는데, 생선 냄새를 싫어하는 나 때문에 어쩔 수 없이 고기를 먹기로 했다는 것이다. 고개를 들 수 없었다. 말순 씨의 눈을 볼 자신이 없었다. 마음이 짠했다. 결혼문제로 마음을 병들게 하더니 이젠 몸까지 병들게 했으니 말이다. 술잔을 내려놓고 베란다에 나가 담배를 피웠다. 잠시 후 《천수경》 외는 소리가 이슬비보다 가늘게 들려왔다. 내일 시장에 들러 조기나 몇 마리 사야겠다.

적과의
먹방 휴가

여름휴가 첫째 날.

올해 처음 거실의 에어컨을 켜고 난 담배 두 대를 피웠고, 말순 씨는 음식을 만들었다. 30분 후, 난 비빔냉면을 먹었고, 말순 씨는 콩 국수를 먹었다. 난 후식으로 롤케이크를 먹었고, 말순 씨는 찐 옥수 수를 먹었다. 난 입가심으로 콜라를 마셨고, 말순 씨는 커피를 마셨 다. 난 식후 운동으로 거실 바닥을 굴러다니며 책을 읽었고, 말순 씨 는 열무 두 단을 다듬었다.

한 지붕 아래, 전혀 다른 두 사람.

"피서가 따로 없당께?"

말순 씨는 나를 남편으로 착각한다

"나도 그렇게 생각해!"

말순 씨와 나는 매년 같은 장소에서 여름휴가를 보냈다. 바로 방콕. 하지만 우리는 아무런 불만이 없었고, 심지어 더할 나위 없는 피서지라고 자화자찬을 했다. 우린 똑같은 철학을 가지고 있었다. "집 나가면 개고생"이라는 게으름의 철학!

다른 듯하며 같은 두 사람. 역시 혼자서는 아름다울 수가 없나 보다.

먹는 일조차 고역일 때가 많습니다.
하지만, 그런 때도 날 사랑해주는 사람의 마음이라 생각하면
모래 같은 밥알도 달게 느껴지는 법입니다.

한 지붕
두 가족

아침식사, 콩밥 한 그릇, 쌀밥 한 그릇.
점심식사, 굴 떡국 한 그릇, 쇠고기 떡국
한 그릇.
저녁식사, 된장찌개와 생선 한 접시,
김치찌개와 불고기 한 접시.

주말 하루, 단둘이 사는 집의 한 식탁에 오른 음식.
40년 넘게 한 지붕, 한 식탁에서 식사를 했건만 극과 극인 식성.

저녁 8시, 비가 내리자 자연스레 거실 탁자에 마주앉은 말순 씨와 나.

고구마 한 접시와 봉다리 커피 한 잔.

딸기 한 접시와 소주 한 병.

말순 씨는 창밖을 올려다보며 밤이 너무 캄캄해 슬프다고 말했고, 난 술잔을 내려다보며 내 님의 눈물이 아니라서 슬프지 않다고 말했다.

한 시간 후,

커피 한 잔을 다 마신 말순 씨 왈.

"뭐 잘한 게 있다고 니 아버지는 그새 죽어가지고. 양심이 있으면 우릴 잘 도와줘야제!"

소주 한 병을 다 마신 나 왈.

"내 말이!"

모든 결론은 깔때기를 꽂은 석유난로처럼 뜨겁게!

행복을 주는
도시락

　수락산 중턱에 있는 작업실. 슈퍼도, 식당도 없고 오로지 나무와
새, 강아지 한 마리와 바람소리만 있을 뿐 일하지 않으면 시간이 멈추
는 곳이다. 난로 위 주전자에선 따듯한 김이 새어 나오고, 배에선 꼬
르륵 소리가 들려왔다. 말할 사람도, 같이 밥을 먹을 사람도 없기에
미루다 미루다가 이른 아침부터 반찬을 만들어 싸준 말순 씨표 도시
락을 꺼냈다. 일단 난로 위 주전자에서 끊고 있는 보리차를 한 모금을
마셨다. 경직되었던 몸과 마음이 풀리는 듯했다. 도시락 통을 열자 작
은 쪽지에 짧은 글.

국이 없어 미안하구나.

따듯한 물이나 사발면 사가서 국물 먹어라.

도시락 통을 열었다. 쇠고기 장조림, 계란말이, 감자볶음, 볶은 김치, 오이짠지, 무짠지, 햄이 조금씩 은박지 속에 놓여 있었다. 김 한 통과 함께 말이다. 한겨울이지만 반찬통 안은 형형색색의 봄꽃이 피어 있었다. 잠시 밥을 먹지 않고 내려다보았다. 나도 모르게 휴~ 작은 탄성이 새어 나왔고, 어느새 마음속에 봄날이 왔다.

눈에 보이는 사랑이 전부가 아니었다.

말순 씨는 나를 남편으로 착각한다

당신은 꽃이었습니다,
우리가 사랑하기 전에도.
그 시원한 꽃그늘 아래서
누구나 세월 앞에서 빗겨갈 수 없는
이별이 찾아오기 전까지
오래오래 살고 싶습니다.
한마디로 우린 서로에게 중독되었습니다.
행복한 중독!

말순 씨는 나를 남편으로 착각한다

초판 1쇄 발행 2015년 8월 31일
초판 2쇄 발행 2016년 6월 13일

지은이 최정원 / **사진** 유별남
펴낸이 추미경

책임편집 주열매 / **마케팅** 신용천·송문주 / **디자인** 싱아·유제이

펴낸곳 베프북스 / **주소** 경기도 고양시 덕양구 화중로 130번길 48, 6층 603-2호
전화 031-968-9556 / **팩스** 031-968-9557
출판등록 제2014-000296호

ISBN 979-11-954913-9-1(03810)

전자우편 befbooks75@naver.com / **블로그** http://blog.naver.com/befbooks75
페이스북 https://www.facebook.com/bestfriendbooks75